KB121290

운현궁의 주인

운현궁의 주인 4

2016년 12월 27일 초판 1쇄 인쇄
2016년 12월 30일 초판 1쇄 발행

지은이 화명
발행인 이종주

기획 팀 이기헌 송윤성 왕소현
책임 편집 이정규

발행처 (주)로크미디어
출판등록 2003년 3월 24일
주소 서울시 마포구 성암로 330 DMC첨단산업센터 3층 314호
Tel (02)3273-5135 **Fax** (02)3273-5134
홈페이지 rokmedia.com **E-mail** rokmedia@empas.com

값 8,000원

ISBN 979-11-255-9834-3 (4권)
ISBN 979-11-255-9830-5 04810 (세트)

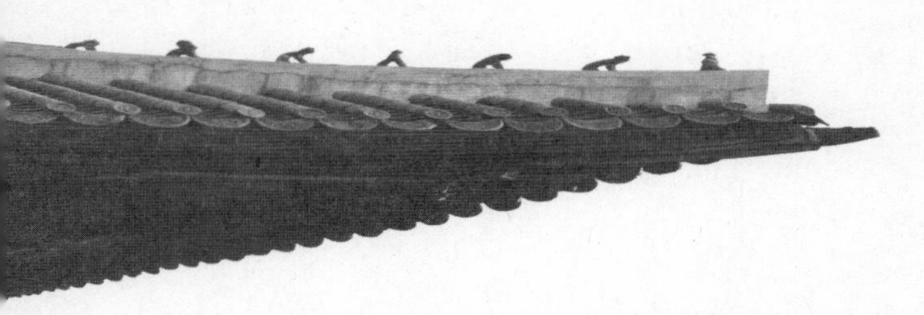

| 화명 장편소설 |

운현궁의 주인

4

차 례

1장

부산을 출발한 배가 바다 한가운데로 나가고, 사방이 바다로 변했을 때 해 가지는 것을 보기 위해 배 후미의 특등실 전용 갑판으로 나왔다.

하루 종일 정답이 없는 생각을 하다 보니 머리가 아파 왔고, 해 가지는 모습을 보면서 복잡했던 생각도 저 태양처럼 사라졌으면 좋겠다는 마음이었다.

동그랗던 태양이 반이 되고 원의 끝부분까지 사라지고 나서 얼마 지나지 않아 사방이 새까맣게 변하기 시작할 때 등 뒤에서 말소리가 들렸다.

"저는 이 시간이 좋습니다. 해가 지고 사방이 어둠 속으로 빠져들면 태양의 시간은 가고 저와 같은 사람들의 시간이 오기 때문이죠. 이우 공 전하께서는 어둠을 좋아하십니까?"

분명 최상층 갑판은 특등석을 이용하는 사람만 출입할 수 있는 곳이었고, 오늘 이 배의 특등석에 승객으로 탄 사람은 나 혼자였다.

평소 경호원들이 나에게 말을 걸 경우는 없었고, 지금 특등석에서 나에게 말을 걸 사람은 하야카와가 유일했는데 지금은 항상 듣던 하야카와의 목소리가 아니었다.

뒤를 돌아보니 그곳에는 검은색 정장을 입은 하얀 피부가 눈에 띄는 청년이 서 있었다.

"나는 어둠보다는 태양을 좋아하는 편이지요."

"아쉽군요. 저는 전하가 저와 같은 부류의 사람인 줄 알았는데 말입니다."

"사카모토 신타로 씨, 지난번 일 이후로 처음 뵙는 것 같군요."

아무도 올 수 없는 특등석 갑판에서 나에게 말을 건 사람은 고노에 후미마로 총리대신, 아니 전 총리대신의 그림자로, 고노에 가문에서 무력을 필요로 하는 일을 처리하는 고노에구미의 조장인 사카모토 신타로였다.

그리고 그가 가진 다른 별명 고노에의 충실한 사냥개. 그가 어떤 일을 해 왔는지는 이 한마디로 충분했다.

지피지기면 백전백승, 처음 만났을 때에 아무것도 모르고 만나 당황스러운 기분을 느끼고 난 이후 고노에 가문과 고노에구미 그리고 사카모토 신타로에 대해서 조심히 조사를 했다.

고노에 가문은 천 년이란 세월 동안 번성해 온 고셋케五攝家 다른 말로 섭관가라고 불리는 다섯 가문 중 하나였다.

고노에가는 그 다섯 가문 중에서도 가장 수위에 있는 리더격인 곳이었다.

섭관가의 뿌리를 이루는 후지와라 씨족의 장자였고, 고노에 가문의 장자가 섭관가 전체의 당주가 되는 게 오래된 전통이었다.

고노에 가문은 일본의 천황조차 함부로 할 수 없는 가문이었다.

고노에구미는 그런 고노에 가문의 그림자로 활동하면서 가문의 궂은일을 처리하는 집단이었다.

암살, 폭파, 협박 등 온갖 불법적인 일을 하는 집단인 것이다.

그들이 보낸 국화와 칼의 위협에 히로무를 통해서 조사를 하지는 못했고, 드러나 있지 않은 제국익문사가 비밀리에 조사했다.

그런데 조사했던 요원이 정보를 판매하는 야쿠자에게서 그들에 대한 정보를 살 때 그 야쿠자가 마지막으로 한 말이 '무슨 일로 그들을 조사하는지는 모르겠으나, 그들은 은원恩怨은 무슨 일이 있어도 갚네. 그러니 절대 엮이지 마시게.'였다고 했다.

“다시 뵙게 되는 일은 없을 거라고 생각했는데 이렇게 뵙게 되는군요. 제가 보낸 국화가 약했던 것 같습니다.”

해 가지고 어둠이 깔린 갑판이었는데, 그의 안광眼光이 나에게 엄청난 압박감을 주었다.

가만히 생각을 해도 그가 나를 다시 찾아올 일은 없었다.

고노에 가문에서 나에게 요구를 했던 것은 일본 정계 진출을 하지 말고 조용히 지내라는 것이었다.

내가 조용히 지낸 것은 아니지만 일본 정계 진출은 꿈도 꾼 적이 없었다. 그래서 그가 자신이 보낸 국화가 약했다고 이야기할 이유가 없었기에 이상해서 되물었다.

“내가 고노에 가문의 생각과 다르게 행동하지는 않았다고 생각하는데 아닌가요?”

고노에가 보낸 국화, 그 국화가 가리키는 방향이 만약 내가 하는 일들과 반대되는 방향이었다면 목숨을 걸고라도 행동을 했겠지만, 고노에의 요구는 귀족원으로 들어올 생각을 하지 말라는 것이었다.

그건 나의 생각과 일치하는 부분이었고, 나를 귀족원에 넣고 싶어 했던 야스히토를 설득함으로써 귀족원에서 멀어졌다.

한편으로는 내가 고노에를 이용해 도죠 히데키의 감시자를 처리하고, 조선으로 갈 수 있었기에 서로를 이용했다고 볼 수 있었다.

서로를 이용해서 원하는 것을 얻어서 고노에와는 볼일이 끝난 줄 알았는데, 고노에의 그림자가 다시 나타났다.

오늘 하루 종일 나에 대한 대우가 바뀌면서 동경에서의 상황이 무언가 바뀌었다는 걸 느꼈다.

그리고 사카모토가 나에게 나타남으로써 심증만 가지고 있던 것이 확신으로 바뀌었다.

"귀족원에 새로운 자리 하나가 만들어진다는 소문이 있더군요. 그런데 그 자리가 그분의 뜻과는 상관없이 만들어졌다는 겁니다. 이상하지 않습니까?"

야스히토와 얼마 전 만났을 때도 아무런 말이 없었던 부분이었다.

만약 귀족원에 나의 자리를 만들고, 내가 귀족원으로 들어갈 것을 원했다면 야스히토가 아무런 언질이 없을 리가 없다고 생각됐다.

"나는 알지 못하는 것이군요. 이번은 그분이 잘못 짐작한 것 같네요."

"잘못 짐작한 것인지는 시간이 알려 줄 거라 생각합니다. 제가 이곳에 온 것은 그분께서 넓으신 마음으로 호의를 베푸신 것을 알려 드리기 위해서입니다. 전하께서는 두 가지의 사항 중에서 선택할 수 있습니다."

호의라는 말을 들어서 내가 말을 꺼내려고 하니 사카모토는 손을 들어 나를 제지하고 이어서 말했다.

"하나, 천황의 귀족원 칙임서를 정중히 사양한다. 그 이후 내지와 반도에서 머무르지 않는다. 필요하다면 타이완이나 만주국으로 가거나 이탈리아 왕국과 독일국으로의 망명도 준비해 드릴 수 있습니다. 그리고 다른 하나의 선택 사항은 추천드리지는 않지만, 그분의 뜻과는 다르게 귀족원으로 들어간다. 그럼 좋은 선택을 하시길 바랍니다."

말은 두 가지 선택 사항이라고 했지만, 한 가지의 선택 사항은 없는 것과 마찬가지였다.

사카모토가 하는 말은 분명 존댓말이었지만, 내용은 나를 전혀 존대하고 있지 않았다.

그의 경고를 무시하고 귀족원으로 들어가게 되면 이전에 보냈던 국화와 칼이 움직일 것이 한눈에 보이는 말이었다.

"재미있는 선택이……."

두 가지라고는 말했지만 지난번과 똑같이 나에겐 선택권이 없는 제안에 어처구니없는 웃음이 나와서 말하려고 했는데, 눈앞에서 그림자 속으로 사라지는 사카모토의 모습에 잠시 말을 잃었다.

눈앞에 있던 사람이 어둠 속으로 사라지고 그가 있던 자리에는 칼과 두 개의 국화가 그려진 작은 종이 한 장이 바람에 휘날리면서 떨어지고 있었다.

그가 있던 자리가 조금만 더 바깥으로 나와 있었다면 그 종이는 바람에 날려서 바다로 가 버렸겠지만 그가 있던 자리는 여객선 내부로 들어가는 문과 가까웠다.

다행히 그 문 옆으로 파도가 들이지치 않게 막는 기둥이 있어, 무풍지대가 형성이 되어 그가 남기고 간 종이 한 장이 바람에 날아가지 않고 바닥에 남아 있었다.

그가 눈앞에서 사라진 것은 닌자나 자객 같은 종류의 사람들이 쓰는 기술인 것 같았다.

사람이 아무리 그림자 속으로 들어간다고 해도 그 형태가 눈에 어느 정도 보이기는 해야 하는데 전혀 보이지 않았고, 마치 연기가 되어 사라진 듯 없어졌다.

어떤 다큐멘터리에서 봤던 기억으로는 시각의 사각과 어둠을 이용해서 몸을 숨기는 기술이라고 나왔었다.

그 기술을 실제 눈으로 보니 소름이 돋았다.

그가 어둠 속에서 나타나 나를 죽이겠다고 마음먹으면 막을 수 있을까란 생각이 머릿속을 꽉 채웠다.

애써 머리를 흔들어 그 생각을 날려 버렸다.

사카모토 신타로가 사라지고, 그와 했던 대화에서 이상한 점을 하나 발견했다.

보통의 일본인들에게 천황은 신과 같은 존재이다. 과거 관백이 있던 시절처럼 이름뿐인 천황이 아니고, 군국주의이기는 하지만 제국으로 들어서면서 많은 실권을 쥐게 된 천황이었다.

그런데 사카모토는 마치 자신보다 낮은 사람을 부르듯이 존대가 없이 천황이라고만 칭했다.

고노에 가문의 위세가 대단해 천황을 업신여기거나 자신보다 한 수 아래로 보는 것인지 알 수는 없었으나, 고노에 가문이 천황을 자신들보다 높은 사람으로 보지 않고 있다는 게 명백한 듯했다.

"전하, 저녁 식사 준비가 다 되었습니다."

난간에 기대어서 사카모토가 사라진 위치를 바라보며 생각을 하고 있을 때, 하야카와가 와서 이야기했다.

"알겠네."

밤새워 운항해 배는 아침이 되자 시모노세키항으로 입항했다.

사카모토가 나타났던 것을 제외하고는 서른 명에 가까운 헌병대의 호위가 무색할 정도로 조용하게 일본에 도착했고, 일본에 도착을 하니 처음 보는 얼굴이 나를 기다리고 있었다.

"시모노세키 방문을 환영합니다, 이우 공 전하. 소인은 야마구치현山口県 현지사県知事 모리 데루모토毛利輝元입니다, 전하."

그 지역의 지사知事가 직접 마중을 나오는 경우는 별로 없다.

전선 시찰을 위해 가면 지방의 지사들이 나오는 경우는 있었으나, 본토에서 지사가 직접 나오는 경우는 처음이어서 놀랐으나 최대한 자연스럽게 그의 인사를 받았다.

"처음 뵙게 되는군요, 이우입니다."

"이렇게 뵙게 되어 영광입니다. 소문보다 훨씬 신수가 훤칠하신 것 같습니다, 전하."

웃음을 지으면서 말하는 야마구치현 지사의 행동이 마치 높은 계급의 사람에게 잘 보이기 위해서 아부를 하는 듯이 보였다.

본토의 현지사 정도 되면 공족이기는 하나, 육군 대위인 나보다는 훨씬 높은 자리에 있어서 지금 그의 행동이 자연스러워 보이지는 않았다.

하루 전 사카모토가 왔다 가서 그의 행동과 말을 종합해 동경에서 어떤 변화가 있다고 느껴 별다른 의문을 표하지 않고, 지사의 행동을 웃음으로 적당히 받아넘겼다.

예의상 하는 몇 마디가 오가고 나서, 기차가 출발하기에는 시간이 남아 하야카와가 준비해 놓은 여관에서 잠시 쉬고 가기 위해 차에 탑승을 할 때, 지사가 조심스럽게 이야기를 꺼내었다.

"전하, 이번에 야마구치현을 방문해 주셨는데, 예산 문제로 상의드릴 부분도 있고……. 바쁘시지 않으시면 제가 직접 안내하며 야마구치현의 명소도 소개시켜 드리고, 전하께서 이곳에서 유익한 시간을 가지셨으면 합니다."

본심은 탐욕스럽겠지만, 그의 행동과 표정은 매우 조심스러웠다.

그 행동을 보고 있으니 이우 공의 기억 속에서 내 앞에 있는 인물의 다른 행동이 떠오르며 지금의 행동과 비교되기 시작했다.

이우 공은 일본 황실에서 주관한 신년하례회에서 이 야마구치현 지사와 잠시 만난 적이 있었는데, 그때에는 이우 공을 무슨 더러운 것이라도 되는 양 경멸과 멸시의 눈빛으로 봤었다.

그런 사람이 지금은 정반대되는 행동을 하고 있으니, 역겨워서 그 자리를 피하기 위해 말을 꺼냈다.

"아직 결정된 사항도 아니고 지금 이야기를 하는 것은 시기상조인 거 같으니 후에 하도록 하죠. 지금은 조금 피곤하니 먼저 가 보겠습니다."

조금 더 이야기를 하고 싶은 듯 무언가 말을 하려는 지사를 두고 인사를 하고 차를 출발시켰다.

"개새끼, 벌써부터 귀족원 의원이 됐다고……."

차가 출발하고 나서, 열려 있는 문틈 사이로 야마구치현 지사가 중얼거리는 소리가 흘러들어 왔으나, 나 말고는 아무도 듣지 못했는지 다른 사람들은 별다른 반응이 없었다.

사카모토의 이야기로 어느 정도 짐작은 하고 있었지만 야마구치현 지사를 만남으로 나의 짐작이 확신으로 바뀌었다.

야스히토에게 귀족원 의원에 관해서는 관심이 없다고 이야기를 했는데, 이미 천황가에서 칙임서가 내려와 귀족원의 의원으로 선임되어 나에 대한 대우가 바뀐 것으로 짐작되었다.

귀족원은 황족의원과 화족의원 그리고 칙선의원으로 구성되어 있었는데, 황족의원의 경우에는 명예직일 뿐이었다. 실제 등원을 하는 경우는 전무했으며 귀족원에 이름만 올려놓을 뿐이었다.

실제 귀족원을 좌지우지하는 사람은 섭관가인 오섭가, 다섯 가문의 당주들이었다.

그들은 공작 직위를 세습했는데, 당대 당주로 올라서면 귀족원의 의원 자리도 함께 세습이 되었다.

그 다섯 명의 당주가 실질적으로 귀족원을 이끌어 가는 사람들이었다.

세습 의원은 공작뿐 아니라 후작 작위의 가주들도 세습이 되었는데, 이들은 섭관가와 오랜 시간 교류해 온 가문으로 거의 대부분 섭관가와 뜻을 같이했다.

공, 후작을 제외한 백작, 자작, 남작의 작위를 가진 화족과 일정 이상의 고액 납세자 및 일본 제국학사원帝國學士院의회원, 사회 저명인사 중 30세 이상의 인물은 귀족원 피선거권을 가진다.

그리고 선거권을 가진 소수의 국민들이 투표로 뽑으면 7년간의 임기를 가진 직선제 의원이 될 수 있었다.

마지막으로 귀족원을 구성하는 의원은 칙선의원이었는데, 이들은 황족과 섭관가의 추천을 받아 후보를 뽑고, 천황으로부터 칙임서를 받아서 의원이 되었다.

실질적으로 천황가와 섭관가의 뜻으로 채워지는 의원들이었다.

이들은 각 진영의 정치적 입장이 부딪칠 때 거수기로 사용하는 사람들이었다.

조선인 출신으로 귀족원 의원이 된 사람으로 내가 이 세계로 회귀하기 전인 1939년에 죽은 찬주의 할아버지 박영효가 있었다.

그는 조선인 중에서 왕족의 제외하고는 일본으로부터 유일하게 후작 위를 제수받은 사람이었는데, 그 후작 위는 지금 그의 손자이자 찬주의 동생인 박찬범에게 세습이 되었다.

박영효가 후작 위였기는 했지만, 조선의 귀족이라 처음에는 귀족원의 의원으로 들어가지 못했고, 이후 천황의 칙임서를 받아 귀족원에 들어갔었다.

후작 위로 들어가는 세습의원이나 화족 직선제 의원이 아닌 칙선의원이여서 박찬범에게 후작 위는 세습되었다. 그러나 임기가 몇 년 남아 있던 귀족원 의원 자리는 세습이 되지 않았다.

기반이 없고, 발언권 자체가 약한 조선의 화족 출신의 칙임의원으로서 힘이 있거나 하지는 않았다.

내가 등원을 하면 실제 영향력은 박영효와 비슷하겠지만, 그와는 다르게 표면상으로는 왕공족이다.

귀족원에 등원을 하지 않는 황족의원을 제외하고는 등원을 하는 의원 중에서 최고 배분으로 분류될 것이다.

그래서 야마구치현 지사의 행동도 이해가 됐다.

실제 예산을 편성하는 곳은 하원에 해당하는 중의원이지만 중의원에서 편성한 예산안에 대해서 최종 확인 도장을 찍는 곳이 귀족원이었다.

그래서 귀족원의 동의가 없이는 예산이 집행되지 않았기에 조금이라도 많은 예산을 따기 위해서 각 지역의 단체장들은 귀족원의 의원들에게 잘 보이려고 노력했다.

그런 귀족원의 권력 구도에 표면적이지만 공족의원이라는 새로운 권력이 나타났으니, 야마구치현 지사가 나에게 예산 편성에 대해서 이야기를 하려고 하는 것이 이해가 되었다.

하지만 야마구치현 지사의 행동이 나를 불편하게 만들었기에 여관에서 기차가 출발할 시간까지 움직이지 않고 기다렸다.

그러다 동경으로 가는 기차가 출발할 시간에 최대한 맞춰

기차에 탑승을 했다.

기차역에도 야마구치현 지사가 나와 있었지만, 그와는 웃는 얼굴로 인사만 하고 기차에 탑승을 해 버렸다.

몇 달 사이에 아무도 신경을 쓰지 않던 하찮은 조선의 왕족에서 신분이 바뀌어서 복잡해졌음을 느꼈다.

내가 한 행동들은 표면적으로는 과거의 이우 공과 다름이 없었는데, 상황이 너무 많이 바뀌었다.

무엇이 달랐던 것인가를 생각하는 사이 기차는 오사카를 통과해서 동경까지 한 번에 가고 있었다.

동경에 도착하니 나에게 이러한 일들이 일어나게 만든, 모든 일의 중심인 인물이 나를 기다리고 있었다.

"친왕 전하, 오랜만에 뵙는 것 같습니다."

"여행은 즐거웠는가? 짧은 기간이었지만, 많은 일들이 있었군."

동경역에서 여러 명의 수행원을 데리고 나를 기다리고 있던 야스히토 친왕은 나를 보자 양팔을 벌려 웃으면서 맞아 주었다.

"저도 모르는 사이에 많은 일들이 생긴 것 같습니다, 전하."

어느 정도 짐작은 하고 있지만, 이게 다 무슨 일인지 확실한 대답을 얻기 위해 야스히토 친왕에게 설명을 요구하는 듯한 뉘앙스로 물었다.

"해야 할 대화가 있는 것 같으니 나의 차로 이동을 하지."

"감사합니다, 전하."

동경 별저에서 나오는 하인들과 차에 나의 짐들을 하야카와와 함께 보내고, 나는 야스히토 친왕의 차로 함께 이동을 했다.

"나에게 물어볼 것이 많아 보이는군."

차가 동경역을 출발해 이동을 시작할 때 야스히토 친왕이 먼저 말을 했다.

"전하께서 제 뜻을 알고 계셨는데, 상황이 바뀐 것 같습니다."

"나의 뜻은 아니었네, 오히려 내가 궁금할 지경이야. 자네는 총리대신인 도죠 히데키와는 무슨 관계인 건가?"

"도죠 히데키 총리대신 말씀이십니까? 그와는 천황가에서 주최하는 신년하례회 같은 일이 있을 때 잠시 지나가면서 본 적은 있어도, 둘이서만 이야기해 본 적은 없습니다, 전하."

야스히토의 입에서 전혀 생각하지도 않았던 도죠 히데키의 이름이 나와서 조금 놀랐다.

도죠 히데키 총리대신, 고노에와 대정익찬회 안에서 권력투쟁을 하고 있는 사람으로, 고노에가 물러남으로써 그가 권력을 쟁취했다는 것은 알고 있었다.

하지만 나와는 인연이 거의 없는 인물이었다.

그가 나에게 감시의 눈을 붙였다는 것도 고노에의 그림자인 사카모토가 와서 이야기해 알게 되었다.

그래서 고노에 대해 조사를 할 때 그에 대해서도 함께 조사를 하였으나, 공식적인 사항들만 다시 한 번 확인했을 뿐 달리 특별한 부분을 알아낸 것은 없는 인물이었다.

"그런가? 그렇다면 내가 생각하는 것이 맞는 것 같구먼. 이번에 자네가 귀족원의 칙임에 내정이 된 것은 짐작하고 있겠지?"

"그렇습니다, 전하."

이미 이곳으로 오면서 짐작을 하고 있었던 부분이기 때문에 야스히토의 말에 고개를 끄덕이면서 대답을 했다.

"자네의 칙임을 주청한 사람이 도죠 히데키였네. 지금 이 나라의 전쟁을 주도한 인물이 그들이야. 그런 그들이 자네의 칙임을 주청해서 이상하다고 생각했는데, 나의 예상이 맞구만."

도죠 히데키가 안면이 전혀 없는 나를 추천했다는 것에 이상함을 느껴서 되물었다.

"그가 왜 저를 추천했을까요? 그도 친왕 전하와 같은 생각을 가지고 저를 추천했다고 생각하십니까?"

나의 질문에 야스히토 친왕은 고개를 저으면서 대답했다.

나도 지금까지 육군대신으로서 전쟁을 주도했던 그가 반전反戰과 대한제국에 대한 독립 성향이 뻔한 나를 추천해 귀족원 내에서 나의 뜻을 펼치게 하기 위해 추천했다는 것은 말이 안 된다고 생각했다. 다만 확인 차원에서 물어보았다.

"내 생각이 맞다면 귀족원 내에 자신의 뜻대로 움직여 줄 꼭두각시가 필요한 것이겠지. 일본 내에서 세력이 전무한 자네라면 자신들의 뜻대로 움직일 수 있다고 생각했을 거야. 이미 경성에서는 움직였을지도 모르겠군."

경성.

"왜 외출을 하지 못한다는 것인가!"

운현궁의 수직사 앞마당에 박찬주의 목소리가 울려 퍼졌다. 그녀 앞에 서 있는 헌병들 역시 곤란한 표정으로 그녀를 막아서고 있었다.

"공비마마 죄송하지만, 저희도 명령받은 대로 움직일 뿐입니다. 금일부로 공비마마의 외출을 금한다는 명령이 내려왔습니다."

"그 명령은 어디서 내려온 것인가? 미나미 총독인가? 그렇다면 내가 직접 총독을 만나서 이야기할 것이니 차를 준비하게!"

"더 높은 곳에서 내려온 명령입니다. 저희는 명령에 따를 뿐이오니, 다시 궁으로 들어가시지요. 이 이상 외출을 하려고 하시면 저희도 행동할 수밖에 없습니다, 마마."

낙선재를 방문하기 위해 외출을 하려던 박찬주는 그녀를 막아서는 헌병에 막혀 한동안 큰 소리가 오가다 결국 외출을 하지 못하고 다시 운현궁으로 들어갈 수밖에 없었다.

박찬주는 운현궁에서 벗어나지 못하게 되었지만, 요시나리 히로무 대위에 비하면 상황이 나은 것이었다.

요시나리 히로무 대위는 평소와 같이 정보과로 출근을 하는 길에 찾아온 헌병대에게 잡혀 육조거리에 위치한 헌병본부에 구금되어 있었다.

"제가 그들의 꼭두각시가 되어야 한다고 생각하십니까?"

야스히토 친왕의 말을 들으면서 머릿속에서 두 가지 생각이 치열하게 대립했다.

대를 위한 희생. 하지만 그 희생을 함으로써 다가올 결과를 예측할 수가 없었다.

내 앞에 나타난 길은 내가 계획한 길과는 다른 것이었다.

내 가족의 안전을 담보로 움직였을 때 나의 행동을 후회하지 않을 자신이 있는가에 대해서도 의문이 들었다.

"나로서는 전쟁광들과 손을 잡지 않는 것이 좋다고 생각하지만, 자네가 가족의 목숨을 담보로 위험한 행동을 하기는 힘들겠지. 자네가 그들의 뜻대로 움직인다고 해도 원망은 않겠네. 내가 더 큰 힘이 있어 자네를 도울 수 있다면 좋겠지만, 나의 힘이 부족해 도움을 줄 수 없어. 내가 해 줄 수 있는 일이라고는 고작해야 칙임을 재고하십사 천황 폐하에게 요청드려 칙임서 공개 시간을 늦추는 것이 전부일세."

"막아 주실 수는 없으십니까?"

귀족원 칙임. 나에게는 갑작스럽게 튀어나온 안 좋은 소식이었다.

최대한 비밀스럽게 움직이고 있었지만, 귀족원으로 들어가게 되면 그동안 멀어져 있던 이목들이 더욱 집중될 것이 뻔했고, 운신의 폭이 좁아져 계획이 어긋날 것이다.

"내가 해 줄 수 있는 건 이게 전부이네. 자네가 요청한다면 내가 한번 시간을 벌어 줄 수는 있네."

야스히토 친왕은 나의 질문에 고개를 저어서 힘들다는 대답을 대신하며 작은 서류 한 장을 나에게 건네었다.

그 서류에는 나와 관계되어서 황거에서 진행되었던 이야기들과 도죠 히데키의 행동들이 요약되어 적혀 있었다.

내가 칙임되는 것을 알게 된 야스히토 친왕이 그 상황을 정확히 알 수 있도록 나를 위해 만들어 놓은 서류로 보였다.

내가 알아본 부분에 대해서 적혀 있기도 했고, 거기서

조금 더 상세하게 나온 정보들도 있어서 도움이 되는 서류였다.

“생각할 시간을 가질 수 있게 시간을 조금이라도 늦춰 주십시오, 전하.”

지금 주어진 상황은 내가 계획한 모든 상황을 뿌리부터 흔들 변수였기에 새로운 묘수를 찾을 시간이 필요했다.

“알겠네. 일단 집에서 기다리도록 하게. 내가 지금 바로 천황 폐하를 찾아뵙고, 시간을 벌어 보도록 하겠네. 길어야 하루 이틀이니 생각 정리를 빠르게 하게.”

“감사합니다. 그리고 부탁드리겠습니다, 전하.”

야스히토 친왕은 나를 동경 별저에 내려 주고, 황거를 향해서 출발했다.

오늘은 공식적인 일정이 없었고, 내일 대본영으로 들어가서 새로운 명령을 수령하도록 되어 있었다.

2장

오랜만에 돌아온 동경 별저에 도착하자 하야카와는 빠르게 하인들을 인솔해서 집안을 정리했다.

그런 하야카와에게 운현궁으로 전화를 연결할 것을 말했고, 얼마 지나지 않아 운현궁으로 전화가 연결되었다.

야스히토의 예상대로 운현궁의 모든 출입이 봉쇄되었다고 찬주가 놀란 목소리로 이야기해 큰일이 아니라는 말로 그녈 진정시켰다.

그리고 아이들이 놀라지 않게 하도록 당부한 이후, 통화를 마쳤다.

히로무에게도 전화를 하였으나 연결이 되지 않아 포기를 해야 했다.

복잡한 가슴을 안고 서재로 들어가 해답을 강구하기 시작했다.

지금의 상황을 타개하기 위해서는 신묘한 묘수가 필요해 보였지만, 내가 할 수 있는 선택 중에서 가장 괜찮아 보이는 선택은 도죠 히데키의 반대파인 고노에와 뜻을 함께해서 이번 상황을 넘는 것이었다.

하지만 고노에 역시 나에게는 악이었다.

최악最惡을 피하기 위해서 차악次惡을 선택하는 것이 맞는 것인지 확신이 서지 않았다.

하지만 생각할 시간은 많지 않았고, 여러 가지 선택지 중에서 하날 선택해야 했다.

그리고 야스히토 친왕이 주고 간 서류에서 조금 놀라운 부분을 확인했다.

이전 제국익문사가 도죠 히데키에 대해서 조사를 했을 때에는 아직 총리가 되기 전의 상황이어서 그가 총리대신으로 가고 나서 후임 육군대신이 누가 왔는지 몰랐다.

그런데 서류를 보니 새 내각을 출범시키면서 도죠 히데키 본인이 육군대신을 겸임했다.

군권을 놓기 싫다는 그의 의지가 들어간 것인지 알 수는 없었으나 이로써 내일 나를 이곳으로 오게 하고 나에게 귀족원 자리를 주려 하는 사람을 만난다는 걸 알게 됐다.

만약을 대비해서 대기시켜 놓은 동경의 제국익문사 요원

에게도 편지를 보냈다.

경성을 떠날 때만 해도 이 정도로 급박하게 상황이 돌아갈 거라 예상을 하지 못했었기 때문에 제국익문사 요원들은 여유롭게 준비를 하고 있어 편지에 지금 상황이 급박하게 돌아가고 있음을 알렸다.

그리고 내 지근에 한 명 이상의 요원들이 대기하는 최고 등급의 경계 명령도 같이 적어 시월이를 통해서 보냈다.

하루 동안 서재에 앉아서 생각을 하다 새벽녘에 의자에 앉아 잠깐 눈을 감았다 문을 두드리는 하야카와의 목소리에 깨니, 벌써 8시가 넘어가는 시간이 되어 있었다.

"전하, 하야카와입니다. 잠시 들어가도 괜찮겠습니까?"

"들어오게."

하야카와의 소리에 정신을 차리고 머리를 정리한 후 대답을 하니, 하야카와가 50대 정도의 사람을 데리고 들어왔다.

겉모습은 마르고 볼품이 없었지만, 나를 바라보는 그의 눈빛만은 비장함과 강인함이 서려 있었다.

"전하, 요시나리 히로무 대위가 추천한 인원들 중에서 김돌석을 대신하여서 일할 인물을 뽑아 데리고 왔습니다."

지난번 첩자 사건을 거치고 대외적으로는 새로운 사람을

뽑을 때는 정보과에 있는 히로무의 도움을 받아서 들이는 형태를 취했는데, 그 명단은 내가 미리 작성해서 만든 것이었다.

성재 이시영 선생과 독리를 통해서 믿을 수 있는 인물 몇 명과 제국익문사 요원의 이름을 넣었고, 하야카와는 그런 사실을 모른 채, 자신이 미리 가지고 있던 명단 중에서 확인하여서 데리고 온 것이었다.

"배중손裵仲孫입니다, 전하."

그는 짧은 말로 자신을 소개했다.

하야카와는 자신이 뽑아서 데리고 왔다고 생각하겠지만 사실은 내가 의도한 제국익문사의 요원을 데리고 온 것이었다.

하루 전 동경 별저로 돌아오자마자 작성해서 제국익문사로 보낸 명령서에는 미리 작성되어 있는 명단 중 다른 인물들은 연락이 닿지 않거나 잠시 동경을 떠난 것으로 만들고 내 경호와 연락을 담당할 제국익문사의 요원 한 명만이 연락이 닿도록 하라 적혀 있었다.

그렇게 이 요원이 나의 옆에 있게 만든 것이다.

"그래, 반갑네. 앞으로 잘 부탁하네."

특별히 알은척을 하지 않고, 자연스럽게 인사를 했다.

인사를 마치자 두 사람은 나에게 인사를 하고 서재를 나갔다.

하야카와가 별다른 의심을 하지 않는 눈치여서 한숨 돌리고는 일어나 아무도 없는 침실로 들어가자 시월이가 들어와서 갈아입을 옷들을 내려놓고 나갔다.

시월이가 놓고 간 옷 더미를 살피니 제국익문사로부터 온 서신이 들어 있었다.

서신에는 방금 전 만난 배중손 사신에 대한 내용이 들어 있었다.

배중손 사신은 경상도를 거점으로 일본을 오가는 임무를 수행했으며, 제국익문사 설립 초기에는 그의 직속상관으로 사기, 또 경상도를 총괄했던 사무가 있었다.

그러나 사기는 임무 수행 도중 행방불명이 되었고, 사무는 고령으로 사망한 이후 사기, 사무의 임무까지 도맡아서 한 인물로 적혀 있었다.

제국익문사가 정상적인 상태였다면 진급을 하여서 사무가 되었어야 했지만 융희제께서 승하하시기 전까지는 미약하나마 이루어지던 조직 관리가 이우 공으로 넘어오면서 거의 이루어지지 않아 아직도 사신으로 남아 있었다.

정보 수집과 요인 경호가 주특기로, 일본을 오고 가는 임무를 수행했던 만큼 일본어는 완벽하게 구사해 이번 임무에 가장 적합해 보이는 인물이었다.

또한 경성 사무소를 제외하고 모든 사무소를 폐쇄했기에 상임통신원도 아닌, 상대적으로 고위직으로 분류되어 중경에서 후학을 가르치고 있었을 사신을 만약의 상황까지 대처하기 위해 미리 조선 안으로 데리고 들어와 대비한 독리의 혜안에 다시 한 번 감탄했다.

나는 요원 개개인의 능력과 배치 상황을 완벽히 알지는 못했기에 독리의 생각이란 것이 쉽게 짐작이 되었다.

밤새워 묘수를 생각해 조금 늦은 시간에 일어나 평소와는 다르게 운동을 하지 않고, 씻은 후 아침 식사를 하는 것으로 대본영으로 가는 준비를 마쳤다.

동경 안에서 움직이는 것이고 또 목적지가 대본영이라 경성에서와는 다르게 하야카와가 함께 가지도 않았고, 헌병대도 한 개 소대가 아닌 한 개 분대가 한 대의 차에 탑승해서 경호를 했다.

"자네는 중경으로 가지 않았었나?"

그 덕분에 나의 차량에는 운전사인 배중손과 나만 있어서 조금은 편하게 대화할 수 있었다.

"중경에 있다 일전의 경성 작전 때에 요원들을 인솔해서 한성으로 들어왔습니다, 전하."

나의 생각대로 배중손도 중경으로 가서 요원들을 교육하는 곳에 있다 1차 교육이 끝이 나고, 일전의 첩자 색출 작전 때 들어왔다.

"좋은 혜안을 가졌어."

"독리가 중심을 잡아 주지 않았다면, 이 정도 요원들을 건사하지도 못했을 것이옵니다, 전하."

말머리와 끝이 다 사라진 내 혼잣말에도 배중손은 정보 수집이 특기라는 것을 증명하듯 말뜻을 알아차리고 대답했다.

"신경 쓰지 못해 미안하군."

"과분하신 말씀이십니다. 전하와 종묘사직의 보살핌이 있었기에 독리를 비롯하여 모든 요원이 활동하고 있습니다. 말씀을 거두어 주십시오, 전하."

말이 좋아 보살핌이지 방치와 다름없는 상태였다.

요원들은 뿔뿔이 흩어지고, 매 순간이 고통이었을 그의 심정을 생각하면 내가 무릎이라도 꿇고 사과를 해야 했다.

하지만 그런 말을 하기 것은 배중손의 망국에 대한 애국심에 대해서 욕보이는 일이라 짧은 말로 그의 노고에 대한 예의를 표했다.

"고맙네."

나의 말을 끝으로 대화가 잠시 중단되었을 때 그가 중경에서 왔다는 것을 기억해 내 다시 입을 열었다.

"중경의 훈련소는 어떠했는가?"

"긴나긴 잠에서 깨어나서인지 더없이 활기찹니다. 본사의 교관들과 새로이 들어온 요원들까지 전부 꿈과 희망을 가지고 활기차게 생활하고 있습니다. 하루하루 버티기만 했던 이전과 달리 앞으로 우리가 가야 할 길이 보여 기쁜 마음으로 노력하고 있습니다, 전하.”

중경에 대해서 물어보자 조금 전까지 차분했던 억양과 다르게 배중손은 약간 흥분된 억양으로 대답했다.

그에게 있어서 지금 이뤄지고 있는 제국익문사의 변화가 얼마나 기쁜 일인지 알 수 있었고, 중경의 훈련소 상황도 긍정적으로 느껴졌다.

“중경에 머무를 때에 임정의 동향에 대해서 들은 것은 없는가?”

“제가 담당하였던 부분이 아니어서 정확히는 파악하고 있지 못하옵니다. 자료가 필요하시다면 본사에 요청해 빠른 시일 내에 받아 보실 수 있도록 준비하겠습니다, 전하.”

“부탁하지.”

동경 별저에서 요요기 연병장과 메이지 신궁 사이에 위치한 대본영까지는 그리 먼 거리가 아니어서 대화를 하는 사이에 대본영의 위병소를 지나고 있었다.

연병장을 지나 대본영 육군본부 건물에 도착해 차에서 내리니 근처에 대기 중이던 중위 한 명이 내 차로 다가와 경례를 했다.

“대본영 방문을 환영합니다. 육군대신 비서실 소속 중위 야마모토입니다.”

내가 경례를 받고 나자 차분한 말투로 자신을 소개한 중위는 나의 앞에서면서 나를 이끌며 이야기했다.

"총리대신께서 기다리고 계셔서 바로 안내를 하겠습니다, 대위님."

중위는 말하고 나서 앞장서서 길을 걸었다.

중위는 나를 기다리고 있는 사람이 총리대신인 도죠 히데키라고 알려 주었다.

총리대신이 직접 오지 않고 육군참모장이 대신해서 나를 맞을 수도 있지만 총리대신이 직접 올 가능성이 더 높다고 생각했는데, 그 예상이 맞아 그다음 대응에 대해서 선택지를 빠르게 좁혀 나갔다.

이전에도 대본영을 방문한 경우가 몇 번 있기는 했으나, 자주 방문을 했던 곳은 아니어서, 건물의 현관, 복도의 모습을 살펴봤다.

그러는 동시에 앞서 걸어가는 중위를 따라가며 마지막 생각을 정리하고 마음가짐을 재정비했다.

나를 이끌어 한참을 걸어가던 중위는 '육군대신실陸軍大臣室'이라고 적혀 있는 사무실 앞에 멈춰 서서 나에게 잠시 기다리라는 듯 고개를 숙였다. 그리고 육군대신실의 문을 두드려 안으로 들어갔다.

잠시 시간이 지나자 중위는 나와 내가 들어갈 수 있도록 비켜섰다.

방 안으로 들어가자 양복을 입은 노인이 상석에 앉아 있었는데 단번에 알아볼 수 있었다.

그 노인은 현 총리대신이자 육군대신인 도쬬 히데키였다.

평생을 군에서 지내 왔지만 일선에서 뛰는 군인들과는 다르게 밝은 톤의 피부를 가지고 있었지만, 앉은 자리에서조차 허리를 꼿꼿하게 세우고 있는 모습이 노인처럼 보이는 외모를 무색하게 만드는 인물이었다.

내가 탁자 끝에 서서 경례를 하자 그는 앉은 자리에서 내게 말했다.

"앉게."

몸에서 배어 나오는 자연스러운 하대.

그는 특별한 것 없이 행한 행동이겠지만 나에게는 그가 가진 권력과 힘, 군국주의 국가에서 군인이 가지는 힘을 단적으로 보여 주는 느낌이 들었다.

그가 가리킨 자리에 가서 앉자 그가 나를 따라 들어온 부관에게 손짓을 했다.

손짓을 받은 부관은 자신의 한쪽 손에 있던, 종이로 된 철을 도쬬 히데키에게 건넸다.

"그동안 천황 폐하를 위해서 충성을 다하느라 고생이 많았네. 앞으로는 군인이 아닌 황국의 신민으로서 천황 폐하를 위해서 충성을 다하게. 오면서 어느 정도 느꼈겠지만 내일이면 천황 폐하께서 친히 임명장을 하사하실 테니, 맡은 바 임무에 충성을 다하도록 하게."

"총리대신, 아직 그 일은……."

야스히토 친왕이 며칠의 말미를 만들기 위해서 천황궁으로 가셨기에 말을 하려고 했는데, 이미 그 부분도 알고 있다는 듯 나의 말을 끊으면서 말했다.

"야스히토 친왕께서 잘 오시지 않는 동경으로 오셨더군. 그리고 말이야, 앞으론 행동함에 있어 경성에 누가 있는지 잊지 말도록 하게. 조선에서 가지고 온 비싼 차이니 맛있게 들고 가게."

도죠 히데키는 자신의 할 말이 끝났다는 듯 자리에서 일어나며 차 두 잔을 가지고 들어오는 것을 보더니 말을 하곤 나의 대답도 듣지 않고 방을 벗어나 버렸다.

야스히토 친왕이 움직일 것을 이미 예측한 말투였다.

도죠 히데키는 야스히토 친왕이 움직인다고 해서 달라질 것은 없다는 듯 무심하게 떠났다.

일방적인 통보가 있을 것이라고 짐작했지만 혹시 내가 무어라 말해 볼 기회가 있지 않을까 해서 준비했던 말들이 다 쓸모없어졌다.

차악과 최악.

하지만 내가 선택할 수 있는 것은 없었다.

지킬 게 많은 사람은 자신의 신념대로 행동하기 힘들다는 말이 내 가슴에 비수가 되어 꽂혔다.

도죠 히데키가 떠난 육군대신실에 부관이 들어오면서 육군대신실 전체에 퍼진 녹차 향이 나에겐 혈성血腥과 같이 느껴져 속이 울렁거렸다.

그래서 빠르게 자리에서 일어나 육군대신실을 벗어나 집으로 갔다.

아니, 가려고 생각하고 방 밖으로 나오니 아직 멀리 가지 못한 도죠 히데키의 뒷모습이 보여 걸음을 멈출 수밖에 없었다.

⁂

"……제77회 정기 의회(귀족원의 정기 모임의 정식 명칭은 회통상회回通常会이나 편의를 위해 정기 의회로 표기)의 결과에 따라 귀족원 칙임을 주청하였고, 천황 폐하께서 칙임을 하시어 귀족원 의원에 칙임되었음을 알린다. 쇼와 16년 11월 9일."

내가 귀족원의 의원으로 칙임되는 자리가 다음 날 마련되었다.

천황과 총리인 도죠, 귀족원 의장인 마쓰다이라 요리나가松平賴壽와 부의장인 사사키 유키타다佐佐木行忠가 참석한 자리에서 도죠에게 칙임서를 건네받았다.

천황이 직접 임명장을 주지 않았고, 상석에 배석해 있을 뿐이었다.

"축하하네, 앞으로 귀족원에서 좋은 의정 활동을 해 주게."

전날 육군대신실에서 도죠 히데키와 만나지 않았다면 웃으면서 상장을 수여하는 그의 표정과 행동이 정말 나에게 좋은 의정 활동을 기대하고 있기 때문이라 생각이 될 정도였다.

짧은 칙임서 수여식이 끝나고 황거를 빠져나와 집에 도착하니 귀족원에서 나온 사람이 나를 기다리고 있었다.

"저는 귀족원에서 배속된 비서로 전하의 의정 활동을 도와드릴 네가와 노부지根川信児입니다."

"일단 이쪽으로 앉지."

집 안의 입구에서 기다리다 자신을 소개하는 네가와 노부지에게 응접실에 자리를 권하고, 내가 먼저 자리에 앉았다.

네가와 노부지는 가지고 온 서류들을 탁자 위에 올리고 자신도 자리에 앉았다.

"일찍도 왔군."

"제77회 정기 의회가 진행 중이고 이번 회기에 의결을 진행하는 부분들이 많아 귀족원 사무처로부터 배속을 받자마자 이렇게 찾아뵙게 되었습니다."

"이렇게 빨리 찾아온 걸 보니 급한 일이 있는 것 같군. 내가 알아야 할 것들을 알려 주게."

"이 안건들은 이번 주 있을 정기 의회에서 표결에 부쳐질 것들입니다. 의원님의 이해를 돕기 위해 공정위원회(公正会)에서 정한 당론도 함께 첨부하였습니다."

"공정위원회? 난 아직 어느 정당에 소속되겠다고 이야기를 한 적이 없는데 당론이라니, 그게 무슨 말인가?"

이미 많은 자료와 조사를 통해 귀족원 내부의 권력 구도를 알고 있어 공정위원회가 육군을 지원하는 가장 큰 정당이라는 것을 알았다.

또 고노에 후미마로가 이끌고 있는 화요회火曜会와 뜻을 같이하는 해군 출신 인사들과 자작, 남작 들의 모임인 연구회研究会와 적대적 감정을 가지고 있는 정당이라는 것도 알고 있었지만 모르는 척 물어보았다.

"아직 입당은 하시지 않았지만 총리대신께서 추천을 하셨습니다."

네가와 노부지는 무슨 말을 하고 있냐는 듯 비웃음이 살짝 섞인 표정으로 나를 바라보면서 말했다.

"알겠네. 당론을 따르면 되는 것인가?"

네가와가 짓는 표정이 나를 화나게 하였으나, 그가 도죠가 나를 감시, 조종하기 위해 보낸 사람인 것을 서로 잘 알고 있었기에 그의 표정을 무시하고 말했다.

"그렇습니다."

"당론들은 여기에 다 적혀 있는 것일 테고."

"당론은 이곳에 따로 정리를 해 두었습니다."

네가와는 하나의 서류철을 내게 건넸다.

"알겠네, 내가 읽어 보고 당론대로 하도록 하지. 피곤하니 물러가게."

네가와는 내 말에 무어라 다시 말을 하려고 하는 것 같았지만, 손짓으로 그의 말을 끊고 다시 축객령을 내렸다.

그러자 그는 떨떠름한 표정으로 자리에서 일어나 내게 인사를 하고 응접실을 나갔다.

네가와가 나가고, 하야카와가 들어와 내게 차를 한잔 내려놓고 다시 나갔다.

혼자 남게 된 응접실에서 네가와 노부지가 가지고 온 서류들을 살펴보니, 1942년도 예산안들과 미국의 금수 조치로 생긴 석유 타격을 해결하기 위한 예산 허가, 그리고 새로이 제정하는 법들에 대한 서류들이 들어 있었다.

각 서류들에 공정위원회가 정한 당론이 적혀 있었고, 내가 어떠한 투표를 해야 하는지도 적혀 있었다.

전쟁에 대한 서류가 있어 혹시 도움이 될, 내게 유용한 서류들이 있나 확인을 하였으나 큰 범위만 적혀 있을 뿐 세부적인 사항들은 의도적으로 배제된 듯 적혀 있지 않아 아무런 도움도 되지 않았다.

당론에 관한 것만 대충 살펴보고 있을 때 시월이가 응접실로 들어와 제국익문사에서 온 편지를 조심스럽게 건넸기에, 보던 서류를 치워 놓고 제국익문사의 편지를 열어 보았다.

내가 제국익문사에 귀족원의 정원과 파벌 간의 인원을 조사해 보라고 지시를 했는데, 그에 대한 답장이었다.

조사를 지시할 때 야스히토 친왕이 준 자료들도 함께 첨부해 보냈는데, 그 자료들을 활용해서인지 생각보다는 빠르게 편지가 되돌아왔다.

내가 귀족원에 대해서 조사를 한 이유는 도죠 히데키와의 만남에서 이상한 것을 느껴서였다.

처음에는 내가 왕공족이여서 높은 배분으로 무언가를 하려고 하는 것인가 했으나, 명목상 배분일 뿐 실질적으로는 아무런 힘도 없었다.

또 도죠의 상대파인 고노에 일파는 대부분 세습의원(왕족, 공작, 후작)으로 조선의 왕공족이란 이유로 나에게 기가 죽거나 나의 뜻을 따라 할 거라 생각하지도 않았다.

하지만 도죠 히데키가 나에게 압도적인 모습으로 절대 의원 자리를 거부하지 못하게 만든 것은 그럴 만한 상당한 이유가 있고, 또 사카모토가 다시 찾아올 정도로 고노에에게도 무언가 양보할 수 없는 이유가 있어 보였다.

제국익문사에서 보내온 서류에는 파벌 간 인원 조사가 전부 되어 있었는데, 아직까지 정확히 나를 귀족원으로 끌어들이는 이유를 알아내지는 못했다.

귀족원 안에서 영향력을 늘리기 위한 것이라 짐작되어진다고 적혀 있었다.

연구회研究会 - 142명

메이지 23년에 정무 연구회로 창립.

현 귀족원 내에서 가장 오래된 정당.

단일 세력 인원이 가장 많은 142명.

사회 명사와 해군 출신의 장성으로 이루어진 칙임의원과 남작, 자작 들 위주의 세력.

범친고노에계로 분류됨.

화요회火曜会 - 32명

과거 섭관가 출신으로 공작, 후작 같은 종신, 세습의원들이 주류인 정당.

과거 섭관가로부터 내려오는 강력한 유대감이 최대 무기.

고노에 후미마로가 소속되어 있음.

현 회주는 미토 도쿠가와水戸徳川 가문의 당주인 도쿠가와 쿠니유키徳川圀順지만, 실질적인 지배자는 고노에 후미마로로 평가됨.

공정위원회(통칭 공정회公正会) - 71명

전직 육군 장성과 친親조슈번長州藩의 화족들이 중심인 정당.

추천과 칙임으로 이루어져 있는 귀족원에서는 소수파이지만, 중선거구제 선거로 이루어진 하원에 해당하는 중의원衆議院에서는 의회의 80퍼센트를 장악한 다수당.

현 도죠 히데키 수상을 중심으로 일제의 권력을 잡고 있는 여당.

현 도죠 히데키가 장악한 대정익찬회의 원내 교섭단체로 보는 경향이 강하다.

교우구락부交友俱楽部 - 41명

칙임의원들이 다수로 군 출신 인사들은 없으나 육군의 대부격인 이토 히로부미와 사이온지 킨모치와 연결되어 있는 정당.

친육군계로 분류됨.

동성회同成会 - 32명

평민 출신의 관료 출신의 의원들이 중심이 된 정당.

메이지유신을 성공으로 이끈 유신삼걸과 사카모토 료마를 추종하는 세력.

중립적인 세력이나 섭관가의 정치에 대해서 부적정인 입장이 강해 표결에서는 반연구회 성향을 띰.

동화회同和会 - 24명

과거 다화회茶話会가 반연구회의 기치로 활동을 하다 귀족원의 소수파로 유지되었으나 고노에가 후미마로가 화요회의 수장이 된 이후 공작으로 해체를 당한 이후 무소속 의원들과 연합하여 만든 정당.

친육군 성향은 아니나, 다화회 시절부터 이어 온 반연구회 기치가 강해 현 상황에서는 공정위원회의 입장과 비슷한 경우가 많음.

무소속구락부無所屬俱楽部 - 19명

대정익찬회 소속의 의원 중 강경파의 모임.

도죠 히데키의 귀족원 내 직속 교섭단체로, 도죠 히데키의 별동대 또는 특공대로 분류됨.

국익, 육군의 이익에 반하더라도 도죠 히데키에게 이익이 된다면 추진하는 정당.

무소속 - 8명

8명은 무소속으로 자신의 이익에 부합되면 어느 쪽으로도 붙을 수 있는 의원들이다.

다른 의원들과 교류는 있으나, 특정 정당과 깊은 관계를 유지하지는 않음.

황족 - 22명

귀족원에 이름은 올라가 있으나 정기 의회나 임시 의회에 참석하지 않고, 의결권을 행사하지 않는 인원임.

서류들을 자세히 살펴보고 나니 일본 귀족원의 전체적인

형태가 한눈에 들어왔다. 하원인 중의원은 도죠 히데키가 완벽히 장악을 했으나, 귀족원은 아직 귀족 출신과 해군 출신의 인원들 덕분에 완벽히 장악하진 못했다.

그런 사이에서 내가 가지는 한 명의 의미가 무엇일까 고민하다 이 모든 것을 관통하는 부분을 머리에 떠올리려 했다.

"이 모든 이야기를 관통하는 해답이 있을 것이다……."

조용한 응접실에서 혼잣말을 하며 고민했다.

제국익문사의 요원들은 발견하지 못했지만, 미래를 알고 있어 조금이라도 더 많은 정보를 가지고 있는 내가 생각해 낼 수 있는 부분.

한참을 고민하고 있을 때 그 부분을 관통하는 진실이 어렴풋이 머릿속을 지나갔다.

하지만 확실하지는 않아 급히 서류들을 챙겨 서재로 자리를 옮겼다.

이윽고 서재에서 일본 제국 헌법을 찾아 내가 알고 싶은 것을 찾기 시작했다.

매우 두꺼운 헌법책이었지만, 내가 확인하고자 하는 부분이 확실했기에 금방 찾을 수 있었다.

도죠 히데키가 나를 귀족원으로 꼭 넣으려고 했던 이유.

고노에 후미마로가 나의 칙임을 반대한 이유.

경성에 있는 가족들이 운현궁에 잡히고, 히로무가 연락이 끊어진 이유.

그리고 그것이 왜 지금인가에 대한 이유.

일본 제국 헌법에서 이 모든 상황을 관통하는 하나의 사실을 확인했다.

대일본 제국헌법

제1장 천황

…….

제11조 천황은 육해공군을 통수한다.

…….

제13조 천황은 전쟁을 선언하고 강화하며, 제반 조약을 체결한다.

제1항 천황의 전쟁 선포 이후 전쟁동의안을 발의 후 귀족원과 중의원의 의결을 거쳐 동의를 얻어야 한다.

제1호 양원兩院의 동의는 제국의회 귀족원은 34조, 중의원은 35조의 하위 조항 중 해당하는 헌법이 정하는 대로 행한다.

제2호 참정권을 가진 국민의 투표로 당선되어 국민을 대표하는 중의원에서 전쟁동의안을 재적 의원 중 3/4 이상의 동의를 받을 경우 발의하여 귀족원을 거쳐 천황의 재가를 받아 선전포고를 할 수 있다.

…….

제3장 제국의회

제33조 양원의 구성

제34조 귀족원

…….

제16항 천황의 전쟁 선포는 귀족원의 투표로 가부가 정해진다.

제1호 천황의 전쟁 선포 발의 시 정기 의회가 진행 중인 경우 2일 이내, 휴회의 경우 5일 이내로 임시 의회를 개최하고 임시 의회 개원 후 2일 이내로 표결에 부쳐야 한다.

…….

제4호 선전포고 안건에 대한 의결은 재적 의원의 5할이 참석해야지 의결할 수 있음.

제1목 재적 의원의 5할이 소수점으로 나올 경우 올림으로 계산함.

제5호 의결 참여 인원의 2/3가 동의를 하여 가결되면 선전포고 안건은 중의원으로 넘어감.

제1목 중의원에서 가결되는 즉시 선전포고가 발휘된다.

제5호 중의원으로부터 발의된 선전포고 건의안 또한 천황의 선전포고 안건과 동일하게 취급된다.

3장 16항 4호 1목을 보는 순간, 내가 필요한 이유를 알 수 있었다.

내가 들어가기 전 귀족의회에서 고노에의 영향력 아래에 있는 의원의 숫자가 연구회의 의원 142명과 화요회의 의원

32명, 그리고 의회에 참석을 하지 않는 황족 22명을 합치면, 196명으로 절반을 약간 넘긴 숫자였다.

그에 반해 무소속을 비롯해 반고노에로 분류해 최대한으로 할 경우 도죠 히데키파는 195명으로 나왔다.

안건 가결 충족 요건인 현 재적 의원 391명의 절반은 195.5로 헌법대로 올림하면 196명이었다.

미국을 상대로 선전포고를 하는 것에 부정적인 고노에 후미마로가 선전포고를 막으려고 한다면, 그가 정권을 잡고 있지 않아도 천황가로부터의 선전포고든 중의원으로부터의 선전포고 건의안이든 양쪽 모두 귀족원에서 저지가 가능한 숫자였다.

여기서 새로 칙임된 내가 들어감으로써 숫자가 바뀌어 재적 인원은 392명으로 늘어나나 가결 인원은 정확히 196명이 되어 이전과 같지만 친도죠 히데키 정당과 반고노에 정당의 의원, 무소속 의원, 마지막으로 내가 가진 한 표까지 전부 합치면 196명이 된다. 즉, 단독 가결이 가능한 상황이 되는 것이다.

확실한 것은 도죠 히데키는 이 부분까지 확실하게 알고 있다는 점이다.

그렇기에 내가 칙임되는 것에 자신이 직접 나서 다른 변수가 없게 만들었다.

고노에 후미마로 역시 알고 있지 않았을까 짐작되지만 고노에는 이전에도 내가 귀족원으로 들어오는 것 자체에 대해서 반대하는 입장도 있어서 어디까지 알고 있는지 정확히는 알 수 없었다.

확실한 것은 내가 캐스팅 보트를 쥐고 있었기에 양쪽의 모든 행동들이 설명이 되고 있었다.

이우 공은 이전 시대에서는 죽을 때까지도 군인이었다.

귀족원으로 들어가거나 칙임에 이름이 오르내린 적이 없었고, 내가 이 시대로 와서 바뀐 역사였다.

과거 귀족원의 표를 어떻게 만들었는지 모르나 고노에의 뜻과는 다르게 미국과의 전쟁을 시작했고, 귀족원에서 표가 통과되었다는 것이었다.

그 말은 내가 투표를 하는 상황이 아직까지는 중요하지만 앞으로는 전혀 달라질지도 모른다는 뜻이다.

나의 한 표가 없이도 선전포고안은 가결될 것이고.

만약 도죠가 다른 쉬운 방법이 있었다면 불확실한 나에게 오지 않고 다른 방법으로 했을 것이다.

나에게 찾아왔다는 건 그도 모르는 이유로 아직은 표가 확실하게 되지 않는다는 뜻이다.

그러다 새벽 동이 터 올 때 한 가지 결론에 도달했다.

미래와 지금의 차이, 아니 태평양전쟁 개전 전후의 차이에서 해답을 찾아냈다.

미국과 전쟁을 하면 필패한다는 것을 해군은 알고 있었다.

그래서 특히 해군 연합함대 사령장관인 야마모토 이소로쿠山本五十六는 미국과의 전쟁을 격렬하게 반대하고 있었다.

그는 추축국의 삼국동맹 역시 반대한 인물이었다.

그는 개전할 경우 승기를 잡는 기간은 길어야 1년이고, 그 이후는 패전할 것이라고 고노에에게 단언한 인물이었다.

그래서 그의 동기인 현 해군대신 시마다 시게타로嶋田繁太郎 역시 개전을 반대하는 인물로 분류되었다.

하지만 과거의 역사에서는 어떠한 이유에선가 해군이 개전에 동의를 하였고, 귀족원 역시 해군에 동조하는 인물들이 찬성표를 던진 것으로 짐작되었다.

그것이 아니라면 귀족원의 현재 상태로는 표가 움직일 수가 없었다.

회기 중에 칙임이 가능하고, 칙임 즉시 표결권을 가지는 후작 이상의 귀족 중에서 나를 제외하고 새롭게 칙임이 가능한 인물은 없었고, 낮은 계급의 화족과 사회 명사 중에서 추천으로 칙임하기에는 시기가 안 맞았다.

낮은 계급의 화족과 평민의 칙임은 매 정기 의회에서 마지막 안건으로 의결 후 칙임이 되고 다음 정기 의회부터 의원으로서의 권한과 의결권을 가질 수 있었다.

현재 진행 중인 77회 정기 의회는 12월 20일이 종료일이었고, 진주만 공습은 12월 초에 진행이 될 것이다.

그렇다면 이번 회기에 의결권을 바로 가질 수 있는 의원은 나 하나였다.

아니, 정확하게는 두 명이 더 있었다. 영친왕 이은과 의친왕 이강의 가계를 이어받은 이건이 있었다.

하지만 이은은 명목상이지만 이왕이란 칭호로 조선에 대한 책임을 가지고 있는 왕이어서 귀족원에 소속될 수 없었고, 다른 한 명인 이건은 도죠 히데키가 노리기에는 문제가 있었다.

이건의 부인인 이 세이코는 해군 대령 출신의 마쓰다이라 유타카의 장녀였다.

마쓰다이라 가문은 해군의 주축이 되는 가문 중 하나였다.

육군과 해군은 서로 견원지간이었고, 같은 나라의 군대라고 보기 힘들 정도로 반목을 하는 사이였다.

또한 마쓰다이라 유타카의 형인 마쓰다이라 요리나가는 현 귀족원 의장이었다.

원칙적으로는 의장은 정당에 소속되지 못해 무당적이지만, 마쓰다이라 요리나가는 의장이 되기 전까지 화요회에 소속되어 있었다.

이런 배경만 봐도 이건이 귀족원으로 들어온다 해도 도죠 히데키의 손을 들어 줄 리 만무했고, 여러 사정을 고려했을 때 도죠 히데키에게는 내가 가장 좋은 먹이였다.

하지만 과거의 역사에서 이우 공은 죽을 때까지 일본 육군으로 근무를 해 귀족원의 표를 바꾸지 않았다.

그렇다면 연구회 내의 반란표가 나온다는 것이 가장 신빙성 있는 추론인데, '해군대신의 뜻을 뒤집을 정도로 방아쇠가 되는 일이 생겨 해군이 기습 공격을 하는 데 동의했다'가 가장 신빙성 있었고, 내가 표를 행사하지 않는다고 해도 이미 미국과의 전쟁은 기호지세가 될 것이었다.

내가 행사하는 한 표로 모든 게 바뀔 수 있겠지만 내가 조금 버틴다고 해도 전쟁은 시작될 것이다. 조금 버티는 것으로 고노에 후미마로와 도죠 히데키 사이에서 내 안전과 운현궁의 안전을 찾고, 나아가 독립 전쟁에서 내게 유리한 부분으로 만들 방법을 찾아 나섰다.

내가 지금까지 알아낸 부분 중에서 제국익문사의 정보 수집과 상황 판단에 도움이 될 만한 부분들을 적었다.

어느덧 어슴푸레하던 하늘이 해가 떠올라 밝아졌고 그러고도 한참이 지났다.

하야카와가 세 번째 찾아와 식사를 하고 잠시라도 눈을 붙일 것을 권했을 때, 식사는 먹지 않고 그의 권유 중 하나만 받아들여 잠자리에 들어갔다.

"이걸 사무소에 전달하도록 하게."

군인의 신분에서 벗어나며 행동의 자유가 생겼다. 하지만 그 자유 앞에는 또 다른 크나큰 제약이 나를 막아섰다.

군인이라는 신분을 벗어났지만, 이제는 신분의 문제가 아니다.

거대한 두 세력이 나를 감시하고, 뜻대로 움직이는 졸卒이 필요한 세력과 자신들의 뜻에 반하는 행동을 하는 졸을 없애려는 세력의 충돌 사이에 내가 있었다.

그래서 나의 행동이 일으킬 후폭풍은 내가 예측할 수 없는 수준이었다.

가능한 많은 정보를 모아 후폭풍이 예측 가능한 수준으로 만드는 노력을 할 뿐이었다.

죽을 가지고 들어와 욕실의 하수구를 통해서 물과 함께 죽을 버린 시월이는 내게서 받은 편지 봉투를 치마 속으로 숨기고, 내가 죽을 먹는 시간을 고려해 잠시 앉아 있다 비어 있는 죽 그릇을 가지고 밖으로 나갔다.

"전하, 네가와 노부지 씨가 들었사옵니다."

시월이가 나가고 잠시 누워 있을 때 문밖에서 하야카와의 목소리가 들렸다.

"그와 이야기할 상황이 아니니 돌아가라고 전하게."

내가 선택할 수 있는 선택지 중 가장 안전한 방법을 택했다.

귀족원에서의 등원 거부는 도쿄 히데키과 싸울 가능성이 높았다. 그렇다고 귀족원으로 등원을 하면 사카모토 신타로

와의 만남이 생길 것이었다.

어느 쪽이든 나에게 도움이 되지 않았다.

병환, 귀족원 등원을 거부하고 있다고 의심은 가지만, 나에게 어떠한 행동을 하기에는 조금 부족한 정도로 유지를 해야 했다.

길어야 한 달, 딱 한 달만 버티면 전쟁이 발발할 테고, 그러면 도죠 히데키가 나에게 관심을 가지는 일도 줄어들 것이라 생각했다.

3장

“의원님, 벌써 3일째이십니다. 항간에는 귀족원으로 등원을 피하시기 위해 가짜 병환을 만드신다는 소문이 돌고 있습니다!”

“네가와 씨, 이러시면 안 됩니다. 병환이 있으신대 그렇게 큰 소리를 내시면 어떻게 합니까? 내려가시지요.”

전날과 같이 응접실에서 기다리고 있을 것이라 예상했던 네가와 노부지의 목소리가 들려왔다.

네가와 노부지는 내가 3일간 만나지 않아서인지 화가 난 목소리로 소리쳤고, 그런 네가와를 하야카와가 제지하는 소리가 들렸다.

“가짜 병환이라……. 들어오라고 하게.”

병이 걸렸다고 핑계를 만들고, 가장 먼저 한 일은 음식물의 섭취를 중단하는 일이었다.

아직 검사 기계들이나 의학의 수준이 현대와 비교하면 미약한 수준이었고, 뇌에 대해선 거의 연구가 이루어져 있지 않았다.

두통과 병에 대한 진단이 발달하지 않았기에 의사를 속이는 것은 쉬웠다.

오늘 아침 다녀간 의사는 3일 동안 물 한 모금조차 마시지 않아서 야윈 내 모습을 보고선 내가 말하는 실제론 없는 두통의 원인을 찾지는 못한 채 진통제를 비롯한 몇 가지 약과 링거를 남겨 두고 떠났다.

의사가 떠나고 링거의 중간을 뽑아 어느 정도 버리고 다시 연결해 아주 적은 양만 맞았다.

영양제가 포함되어 있는 링거여서 다 맞을 경우 부족하더라도 어느 정도 식사를 대신해 영양이 보충되어 이때까지의 금식이 무위로 돌아갈 것 같아서였다.

침대에서 앉아 열려 있는 문틈 사이로 보이는 화장실의 거울 속 내 얼굴은 평소와는 달리 마르고 피부도 거칠어 며칠 전과는 전혀 달랐다.

"내가…… 일부러 등원을 하지 않는다고 했는가?"

물을 3일간 먹지 않아서 말 한마디 하기에도 목이 따끔거리기도 했지만, 최대한 아파 보여야 했기에 천천히 힘을 빼고 말했다.

“3일 동안 얼굴을 뵙지 못해 말이 조금 거칠었습니다. 몸은 괜찮으십니까?”

문을 열고 들어오던 네가와는 침대에 일어나 앉아 있는 내 몰골을 보더니 흠칫 놀란 후 표정을 정리하고 말했다.

“의사가 절대 안정을 취하라고 하더군, 그대는 나를 만나러 오는 것만 중요하지, 나의 상황에 대해서 제대로 알아볼 생각은 하지 않았나 보군, 아니면 꾀병이라고 단정 짓고 내 주치의를 찾아가 볼 생각 따위는 하지 않은 건가?”

책망이 담긴 말에 아무 말 없이 시선을 딴 곳으로 피했다.

“이제 내 몰골을 보았으니 나가 보시게, 가서 몸이 이 꼴이라 등원하지 못함을 알리게.”

“송구하옵니다, 전하.”

내 본심을 숨기기 위해서 강한 어조로 질타를 해서인지 기세등등하게 문을 열고 들어온 것과 다르게 양어깨가 내려가 풀이 죽은 상태로 대답했다.

“그럼 나가게.”

장시간 이야기를 나눠 나의 모습을 길게 보여 줄 필요는 없었기에 축객령을 내렸다.

그러자 네가와는 무언가 더 말을 하려는 듯 쭈볏거리다 결국 걸음을 옮겨 밖으로 나갔다.

네가와가 나가고 나니 시월이가 물병을 가지고 들어왔다.

3일째가 되면서 꾸며낸 이야기였던 두통이 진짜로 오기 시작했다. 물 섭취를 하지 않아서인지 현기증까지 왔다.

어디선가 들은 기억으로 사람이 물을 3일간 먹지 않으면 죽는다는 이야기가 떠올랐다.

그래서 처음 효과를 빠르게 내기 위해서 물도 먹지 않고 버틴 게 오늘로 3일째여서 오늘부터 물을 조금씩 섭취할 생각이었다.

그런 계획을 알고 있던 시월이는 지난 2일간은 음식물과 마찬가지로 물도 전부 화장실에 버렸지만, 지금은 가지고 들어온 물을 침대 옆 협탁에 올리고 한 잔을 따라서 나에게 건네주었다.

의사가 오기 전까지 음식과 물을 중단해 가장 안 좋은 상태를 유지했고, 이제 겨우 물을 마실 수 있게 되었다.

3일 만에 입에 대는 물은 꿀물처럼 달콤하게 느껴졌다. 너무 많은 물을 마시면 탈이 날 것 같아 한 잔을 천천히 마시고 나서 컵을 내려놓았다.

"전하, 이렇게 장시간 곡기를 끊으시면 진짜 건강이 위험해질 수도 있습니다. 이제 죽만이라도 드시면 어떻겠습……."

시월이는 걱정스러운 표정으로 내게 말했다. 혹시 밖에서 누군가 듣고 있을까 걱정한 듯한 작은 목소리였다.

"괜찮으니 나가 보도록 해라."

이 집안에서 나를 진심으로 걱정하는 몇 안 되는 인물 중 한 명인 시월이였기에 마음을 잘 알고 있었지만 목표를 위해서는 해야 할 일이었다.

그 일이 지금 세계 곳곳에서 독립을 열망하면서 노력하고 있는 사람들의 노력에 비하면 보잘것없는 것이었기에 더 치장을 하거나 할 생각도 없었다.

단지 내가 할 수 있는 일을 할 뿐이었다.

"지훈아!"

잠깐 잠이 들었던 것인지 누군가를 부르는 목소리에 잠에서 깨어났다.

"누군가? 무슨 일이기에 이리 시끄럽……."

말을 한참 하다 '딱' 소리와 함께 뒷머리가 번쩍하면서 말이 끊어졌다.

이어서 귓가에 큰 소리가 들렸다.

"뭔 개소리야. 빨리 일어나 지금 뛰어가도 간당간당해 이번 강의 한국미술사다! 유옹준 교수님 얄짤 없는 거 알잖아. 빨리 준비해."

"어? 어?"

나를 다그치는 목소리에 놀라서 바라보니 정말 오랜만에

보는 듯한 같은 원룸 옆방에 사는 친구 근형이 서 있었다.

"나 먼저 간다. 빨리 와!"

근형이는 내 원룸 현관에 서서 신발을 신으면서 말하고는 현관을 열고 나갔다.

그가 나가고 나서 잠시 멍해졌다.

내가 지금까지 꾼 꿈이 너무나도 생생해서, 과거의 얼짱 왕자 이우의 이야기가 내가 겪은 일처럼 너무 생생해서 무서웠다.

내가 잠들기 전 읽고 있던 책인 '숨겨진 대한제국 황실 비사'가 침대 한쪽에 널브러져 있었다.

'유옹준 교수님 시간이다!'

근형이 방을 나가면서 했던 말이 머릿속에 떠올랐다.

그 말뜻이 이해가 되기 시작하자 꿈속의 내용들보다 뭐가 급한지 판단이 섰다.

침대에서 얼른 일어나 옷을 대충 챙겨 입고 책상 위에 올려져 있던 한국미술사 교재와 문 옆에 걸려 있던 모자를 낚아채면서 뛰기 시작했다.

근형이는 이미 눈에 보이지 않았고, 기억이 나는 대로 원룸촌을 벗어나 학교 앞 상가로 접어들었다.

바닥에는 어제 광란의 밤을 증명하듯이 쓰레기들과 전단지들이 널브러져 있었고, 이른 아침이어서인지 구석구석에 술이 취해서 쓰러져 있는 사람들도 눈에 들어왔다.

정문을 통과해 뛰어가면서 손목시계를 바라보니 강의 시작까지 3분이 남아 있었다.

하필이면 이렇게 늦잠을 자는 날의 강의는 꼭 정문에서 가장 먼 곳에 있는 강의실이었다.

숨이 턱까지 차오르지만 참아 가면서 뛰었다.

처음 내가 꿈을 꾸는 것이 아닌가 생각을 했다. 심장까지 차오르는 숨이 내게 현실감을 안겨 주었다.

강의가 있는 건물에 도착해 시계를 보니 강의 시작까지 30초가 채 남아 있지 않았다.

4층에서 강의가 있었고, 엘리베이터를 기다리기에는 시간이 부족했다.

계단을 두 계단씩 뛰어올라 순식간에 4층에 도달했고, 눈앞에 보이는 강의실의 문을 열어젖혔다.

단상을 바라보니 아무도 없는 것이, 다행히 지각은 면한 것 같았다.

"후우~ 후우~. 아싸! 세잎! 지각은 아니네."

강의실에 무사히 도착한 기념으로 큰 소리로 외치고는 둘러보자 뒤쪽에 앉은 근형이를 비롯한 친구들의 얼굴이 눈에 들어왔다.

처음에는 나를 한심한 표정으로 바라보다 갑자기 얼굴의 색들이 제각각이 되더니 빨리 자리로 오라는 손짓을 내게 보냈다.

"왜? 아직 교수님도 안 오셨고 내 호날두와 같은 말근육을 가진 다리로 세잎을 했는데, 뭘 재촉해? 여기서 거기 가는 동안 지각이 될 리가 있어?"

내가 허벅지와 종아리에 힘을 주고는 근육들을 강조하면서 말을 했다.

그러자 친구들은 나를 미친놈 보듯이 보면서 고개를 흔들거나 고개를 푹 숙였다.

"빨리 가지 않으면 바라는 대로 지각으로 처리해 줄 수 있네. 어떤가, 이지훈 군?"

친구 놈들이 왜 그렇게 재촉을 했는지를 알게 되었다. 등 뒤에서 들리는 유옹준 교수님의 목소리가 내 등 뒤를 타고 흐르는 식은땀과 함께 오싹한 기분을 만들고 있었다.

"에이, 교수님, 무슨 말씀을 그렇게 무섭게 하십니까? 불초 제자 빨리 자리로 돌아가도록 하겠습니다!"

조금은 장난스럽게 이야기하곤 뛰어서 친구들의 근처에 빈자리로 뛰어 들어갔다.

교수님도 그런 내가 싫지는 않으셨는지 너털웃음을 터트리고는 교단으로 올라가셔서 강의를 시작하셨다.

"미친놈, 아마 미학과 역사상 니가 제일 미친놈일 거야."

"야, 깨우려면 좀 일찍 깨우지 진짜 심장이 입으로 튀어나오는 줄 알았다. 안 그래도 꿈자리가 사나워서 죽겠는데, 일찍 좀 깨워 주지."

근형이의 타박에 그가 조금만 더 일찍 깨워서 이런 일이, 겨우겨우 들어오는 이런 위험한 상황이 안 벌어지게 했으면 더 좋았겠다는 생각이 들었다.

"내가 대학 생활하면서 1년에 한 달은 네놈 깨우는 데 썼을 거다."

아침잠이 많아서 잘 못 일어나는 나라는 걸 내가 더 잘 알기에 근형이에게 씽긋 웃어 주고는 교재를 폈다.

물론 근형이는 토할 듯한 표정을 지어서 나의 미소에 답장해 줬다.

"지난 시간에는 대한제국 시절까지의 문화재 침탈에 대해서 알아봤고, 이번에는 일제강점기부터 현대에 이르는 시간까지 알아봅시다. 일제강점기에 침탈의 인물 중 민간으로 가장 많은 문화재를 침탈한 인물은 오구라 다케노스케小倉武之助입니다. 그는 1903년에 조선에 건너와 대구에서 전기사업권과 금융업으로 벼락부자가 된 사람으로, 조선에 건너와 다른 일본인들과 마찬가지로 총독부의 도움으로 대구에서 전기의 독점 사업권을 따내어 아무런 경쟁 없이 돈을 벌어들인 인물입니다. 그렇게 벼락부자가 되고 나서 그가 빠져든 것은 한반도의 유물들이었습니다. 조선 시대 유물뿐 아니라 대구라는 지리적 이유로 신라와 가야 시대의 유물들까지 닥치는 대로 사들였습니다. 합법적으로 사들이는 것뿐 아니라 도굴꾼들까지 고용해 대구 근교인 고령 등지에 있던 가야 시대고분들까지 불법 도굴해 유물들을 닥치는 대로 모았습니다. 그런 그가 일제 패망 전까지 모아들인 유물이 2천여 점 정도라고 추측을 하는데, 패망을 하면서 가져가지 못해서 대구에 남겨져 있던 670여 점과 일본으로 이미 가져가 후에 후손들이 동경박물관에 기증한 1,100여 점의 유물, 그리고 64년도에 그가 살았던 저택을 개보수하면서 드러난 숨겨진 지하실에서 142점의 유물이 추가로 발견되어, 현재 발견된 오구라의 수집 유물의 숫자가 1,900점이 넘어서고 있습니다. 그중에는 국보급의 유물 역시…….”

교수님의 강의를 듣자 아까 꾼 꿈이 떠올랐다.

이우였을 때 이 강의를 들었다면 유물을 보호하기 위해서 그를 암살하지 않았을까 하는 생각이 들었다.

아니면 최소한 그가 일본으로 유물들을 반출하지 못하도록 하는 방법을 생각해 보지 않았을까 했다.

“학식이나 먹으러 가자.”

길고 길었던 강의가 끝이 나고, 근형이가 내가 말했다.

학교 밖에서 점심을 먹을 때도 있으나 월말이 되고 용돈이 들어올 시기가 얼마 남지 않아 돈이 없을 땐 학식으로 밥을 해결해 왔기에 친구들과 함께 발걸음을 옮겼다.

“야, 내가 꿈을 꿨는데, 니들 이우 왕자 알지? 내가 그 이우 왕자가 되서 대한제국의 독립을 준비했다. 재밌지 않냐?”

“요즘 대체역사소설을 읽더니 드디어 니가 미쳐 가는구

나."

함께 밥 먹으러 가던 친구가 내 말에 웃으면서 말했다.

내가 생각해도 요즘 너무 공부를 열심히 한 건지 아니면 소설책을 너무 많이 봐서인지 몇 년에 걸친 긴 꿈을 꾼 게 아주 웃겼다.

"그러게, 그래도 생생한 꿈이라서 신기하긴 했어. 내가 3일 동안 물 한 모금도 안 마시고 버티는데, 내가 생각해도 이상하긴 하다."

"너 지금 처먹는 양을 보면 그 말이 조금은 믿음이 간다."

친구 중 한 명이 웃으면서 이야기했는데, 꿈에서지만 3일을 굶어서인지 너무 배가 고파 학식으로 평소의 먹는 양에 2배 정도는 사서 먹고 있었다.

"야, 꿈이라지만 3일 굶으니까 배고파 죽는 줄 알았다고. 뭐, 나중에는 해탈의 경지에 올라서 배고픔을 거의 못 느꼈지만."

"니가 물 한 모금도 안 마시고 3일을 버텼다고? 제정신 아니네. 의지박약으로 아침에 일어나지도 못하고, 또 먹는 걸 우리 중에 제일 좋아하는 니가 3일 동안 음식뿐 아니라 물도 끊었다고? 제대로 미친 꿈이네. 헛소리 말고 빨리 밥이나 먹자, 오후에 르네상스 철학 강의다. 그 지겨운 강의를 들으려면 배라도 가득 채우고 가서 버텨야 돼."

나에 대해서 잘 알고 있는 근형이가 웃으며 말하곤 밥을 먹었다.

내가 생각해도 신기하긴 했다. 먹는 걸 정말 좋아하는 내가 식욕을 조절한다는 것 자체가 신기했다.

거기다 이우로 살 때의 나는 새벽에 일어나서 하루를 시작하는 게 이상하지 않아서 별생각이 없었는데, 내가 새벽에 일어나는 것 자체가 기적에 가까운 일이었다.

꿈이라는 게 내 성격과는 다른 것을 할 수 있게 해 준 것 같았다.

"야, 근데 이우 왕자가 독립운동에 많이 관여했던 건 아냐?"

조금 시간이 지나고 아까 하던 말을 마저 꺼내자 다들 무슨 말을 하냐는 표정으로 바라봤다.

하지만 근형이는 뭔 이야기를 하는지 아는 듯 웃으면서 대답했다.

"뭔 헛소리야. 니가 하도 대체역사소설을 보길래 내가 황실비사 책 추천하거였잖아. 거기 저자 소개문 보면 비사여서 사실과 다른 부분도 많을 거라고 적혀 있었는데 못 봤나 보네. 이우 왕자 관련 부분은 정사보다는 야사가 많아. 나도 궁금해서 알아봤는데, 이우 왕자가 일본에 비협조적이고 반일감정이 강했던 건 맞지만, 독립운동에 관여했다는 건 아무런 증거 자료도 없어. 후세들이 그가 이랬으면 어떨까라고 생각하는 허구라는 게 정설이야."

"그래?"

내가 꾼 꿈에서는 내가 이우가 되기 전 이우 역시 독립운동을 준비했었고, 구체적으로 광무대의 경성 탈환 작전까지 있었다.

하지만 가만히 생각하니 내가 알고 있던 역사와는 전혀 다른 역사였다.

이런 역사들을 황실비사라는 책에서 보았던 것인지 혼돈이 왔다.

"괜히 이상한 거 보다가 근대사 강의 시험에서 이상한 답 적지 마라. 너 그럴 거 같아서 그 책 추천하기가 망설여졌는데, 우려하던 일이 벌어졌군. 이상한 거 답지에 적지 마라."

"내가 바보냐, 그런 걸 답지에 적게?"

"응."

"자기 자신을 잘 아네."

"완벽한 자아성찰이야."

내 말에 같이 앉아서 밥을 먹던 세 명이 다 똑같은 대답을 던졌다.

황당해하고 있는 나를 두고 밥을 다 먹은 친구들이 자리에서 일어났고, 나 역시 자리에서 따라 일어났다.

근형이와 나는 강의를 똑같이 신청해서 같은 강의을 들었고, 다른 세 명은 다른 강의였기에 친구들과 헤어져 근형이랑 강의실로 갔다.

"방에 들렀다 가자, 나 책 안 들고 왔어."

아침에 급하게 나오면서 첫 강의 교재만 들고 와서 다시 오후 강의 교재를 챙기기 위해 자취방에 돌아가야만 했다.

"니 책 가지러 가는데, 내가 왜 같이 가냐?"

"에이~ 친구 좋은 게 뭐냐? 혼자 가면 심심하단 말이야~ 같이 가 주라~."

근형이에게 팔짱을 끼면서 주먹을 부르는 애교를 부리자 근형이는 경기를 일으키면서 내게서 물러났다.

내가 다시 한 번 애교를 부릴 준비를 하자 질렸다는 듯 말했다.

"알았어! 그러니까 제발 질척이지 마! 징그러우니까."

"넵! ……근데 말이야 진짜 꿈이 생생했어. 정말 현실인 것처럼……."

"그래그래, 우리 중간고사 얼마 안 남았다. 시험 망치고 시간을 되돌리는 꿈이나 꾸지 말고 공부나 하자."

근형이가 하는 말에 무엇이 중요한 건지 알게 되었고, 원룸에 들러 책을 가지고 오후 강의를 위해서 강의실로 발걸음을 재촉했다.

전공 필수인 철학 강의는 언제 들어도 잠이 오는 수업이었다.

근대 유럽의 사상에 기초가 되는 르네상스 철학이어서 안 들을 수도 없는 수업이지만, 들으면 머릿속이 복잡해서 멍해지는 건 어쩔 수 없었다.

수업에 집중한다고 노력을 했지만, 중간중간 의식이 끊어지는 느낌이 들 정도로 멍해지긴 했다. 아니, 멍해지다 어느 순간 의식을 잃었다.

잠시 감았다 뜬 눈앞에는 조금 전과는 다른 천장이 보였다.

다르긴 하지만 익숙한 천장이었다. 바로 이우 공의 동경 별저 침실 천장이었다.

이곳에 오고 나서 거의 잊고 지냈던 근형이의 얼굴을 보고 나니 이곳이 현실이 맞는지 의문이 들면서 현실 감각이 조금 떨어지는 느낌을 받았다.

이곳이 꿈인 건지 아니면 그곳이 꿈인 건지 헷갈리는 느낌이었다.

자리에서 일어나 손을 쥐었다 폈다 하니, 손끝에 감각이 조금씩 돌아오기 시작했다.

지금 보이는 것들이 꿈이라고 하기에는, 배에서 느껴지는 배고픔과 손에서 느껴지는 감각들이 꿈이 아님을 명확하게 증명해 주었다.

이곳에 오고 얼마 되지 않았을 땐 가끔 이지훈으로서의 삶을 꿈에서 보곤 했는데, 시간이 길어지면서 그마저 잘 꾸지 않게 됐다.

이제 애써 떠올리지 않으면 생각이 잘 들지 않았는데, 오랜만에 본 친구들의 얼굴이 반갑고, 평소와 같은 행동들에 웃음이 나왔다.

하지만 나의 이런 반가운 마음과는 다르게 눈에서 눈물 한 방울이 내 볼을 타고 내려왔다.

가족들의 목소리만이라도 들었으면 더 마음이 좋지 않았을까라는 생각이 들었다.

침대맡에 준비되어 있는 자리끼를 컵에 따라서 한 모금만 마셨다.

물을 마신 지 오래돼서 목으로 넘어간 뒤 식도와 위의 느낌이 다 느껴졌다.

창문을 열어서 찬 바람으로 방 안을 환기시켰다.

피부로 느껴지는 바람이 현실감이 있으면서도 다시 현실 같은 꿈속으로 들어온 게 아닐까라는 생각이 들었다.

현실 같은 꿈을 꾸어서 현실이 이상해진 것인지 아니면 꿈이 현실이어서 이곳이 꿈인지 혼돈이 오기 시작했다.

한번 시작된 의심 때문인지 새벽이 지나고 오전이 되어 하야카와가 들어와 물어볼 때에도 그가 현실인지 아닌지 생각을 하게 되었다.

"내가 언제 잠이 든 것인가?"

"네가와 씨가 가시고 나서 얼마 지나지 않아 취침을 하셨습니다. 병환이 오시고 나서 몸의 기운이 떨어지셔서 그런 것 같습니다, 전하. 경성에서 보내온 인삼이 도착하였으니 달여서 올리도록 하겠습니다."

"경성에서? 그게 무슨 말인가? 내 경성에는 연락하지 말라고 했지 않은가?"

거짓 병이기도 했지만, 다른 사람들은 내가 진짜 병이 걸린 것으로 알고 있었기에 병에 걸렸다는 이야기를 경성에 있는 가족들이 알게 되면 걱정할 것이 뻔했다.

혹시 찬주가 나를 간호하겠다고 아이들을 데리고 동경으로 오면 진짜 큰일이었다.

경성에는 순정효황후과 키워 준 어머니인 덕인당, 그리고 호적상 어머니 이준 공비가 있었고, 경성과 가까운 개성에는 생모인 수인당과 아버지 의친왕이 있었다.

그분들이라면 일제의 위협으로부터 찬주와 아이들을 지켜줄 수 있을 것 같았다.

동경에는 우리에게 호의적인 사람이 없었고, 가장 가까운 인물이 오사카의 영친왕 이은이었는데, 이은 혼자서 내 가족을 보호해 주기에는 무리가 있어 보였다.

그가 내 가족을 버릴 것이라곤 생각하지 않았지만, 그의 유약한 성격은 내 가족을 반드시 지킬 거라는 확신을 주기에는 무리가 있었다.

또한 경성과 동경 두 곳 다 지금은 일본이었지만 조선 땅의 경성과 일본의 심장인 동경과는 차원이 달랐다.

“질 좋은 개성인삼을 구하기 위해 상인에게 부탁했더니 오늘 아침에서야 겨우 도착을 하였습니다. 운현궁으로는 기별을 하지 않았으니 걱정하지 마십시오, 전하.”

“고맙네.”

하야카와는 비록 일본이 나를 감시하기 위해 붙인 인물이었지만, 내가 아프다고 하니 나를 위해서 노력을 하고 있었다.

그의 마음 씀씀이는 고마웠다. 처음에는 일본인이라는 것 자체에 거부감이 있었지만 1년을 넘게 가까이 지내면서 익숙해지고, 나를 위해 노력해 그와 친해지는 느낌이 들었다.

물론 마음이 흔들리지 않게 나를 감시하는 인물이라는 걸 다시 한 번 상기했다.

하야카와가 나가고 나서 주변이 일렁이면서 머리가 지끈거렸다.

그러다 누군가 몸을 흔드는 느낌과 소란스러운 소리에 눈을 뜨니 근형이가 내 옆에 서 있었다.

“잘 잤냐?”

"……."

다시 꿈으로 들어왔다.

잠시 멍해져 있으니 근형이가 다그치듯 다시 말했다.

"야, 잘잤냐? 꿈속에서 학점과 마지막 굿바이는 잘했고?"

근형이는 한심하단 표정으로 나를 보면서 말하고 있었다.

"야, 내 빰 한 번만 때려 봐."

"……?"

"내 빰 한 대만 치라고."

"빰?"

"어, 빰."

"……쎄게?"

"어."

"니가 치라고 한 거다."

근형이는 뭐가 뭔지 모르겠다는 표정으로 잠시 머뭇거리다 커다란 손을 휘둘렀다.

짝!

이게 꿈이 아닐까라는 의구심에서 빰을 때려 달라 한 것이었다.

그런데 마치 자신의 자릴 찾아가듯 빠르게 돌아간 목과 볼에서 느껴진 통증, 시간이 지나면서 볼에서 느껴지는 화끈거리는 열 때문에 진짜라는 생각이 스멀스멀 머릿속을 지배했다.

그리고 다른 생각이 하나 더 떠오르면서 눈앞에 있는 근형이가 눈에 들어왔다.

근형이를 보는 순간 통증과 함께 새로운 감정이 슬금슬금 올라왔다.

"야이 #@ㅆ%@ㅆ! 누가 그렇게 쎄게 때리래!"

"니가 처때리라며!"

근형이를 잡기 위해 보니 이미 강의실 문까지 가서 도망가고 있었다.

"새끼야, 적당히 몰라? 적당히!"

"쎄게 하라며!"

한참을 근형이와 내가 쫓고 쫓기다가 근형이의 볼에도 나와 똑같은 손바닥 자국을 하나 남겨 놓고 나서야 상황은 종료되었다.

물론 근형이가 계속해서 구시렁거리기는 했지만, 내 상황이 종료되었기 때문에 신경 쓰지 않았다.

"지가 처때리라고 해 놓고 쫌생이 새끼……. 오늘 애들도 만나서 놀아야 하는데……."

"애들? 누구 만나기로 했는데?"

"신입……. 헙!"

정신없이 볼을 문지르면서 대답을 하다 아차 싶었는지 말을 멈췄다.

하지만 이미 중요한 단어는 내 귀로 다 들어왔다.

"오호~. 나 빼고, 신입생들을 꼬셔서 논다 이거지? 우리 임근 형님께서 언제 신입생을 다 만나셨을까? 오늘 형이랑 찐한 이야기 좀 해 보자?"

"아아, 놔 봐 놔 봐."

새로운 재미난 정보가 나의 귀로 들어와서 다시 근형이의 머리에 헤드록을 걸었다.

"자, 육하원칙에 의거해서 빠르게 대답을 하지? 누가는 우리 사랑스러운 근형이일 테고, 언제부터 가 볼까?"

"이거 좀 풀고 이야기하면 안 될까?"

근형이는 이미 내게서 벗어날 수 없다고 생각한 건지 누그러진 목소리로 대답을 했다.

물론 풀어 주면 도망갈 놈이라는 건 오랜 생활로 알고 있었기에 나도 타이르듯 말했다.

"내 귀에도 정보가 들어와야지 구속 수사를 할지 불구속 수사를 할지 구분이 가지 않을까? 일단 기본 정보부터 풀어 보지?"

"휴~. 2월에."

"2월? 신입생들 입학도 하기 전에? 뭐, 다음 걸 물어보면 되겠지. 어디서?"

"새터."

근형이가 새터를 이야기하자 그제서야 정보들이 머릿속에서 떠올랐다.

석 달 전 내가 유웅준 교수님과 함께 문화유산 답사에 자원봉사를 할 시기에 비슷하게 우리 학과 새터를 떠났던 걸로 기억했다.

물론 학과 학생회 간부들이 주축이었지만, 학과에서도 인솔을 위해 몇 명 지원을 받았었다. 아마 그중에 근형이도 있었던 것 같았다.

"일하러 가서 신입생이나 처꼬시고 있었구만? 나는 교수님 수발들면서 생고생하고 있었는데, 신입생을 꼬셨다……. 아아, 이건 사안이 사안인 만큼 구속 수사가 불가피할 것으로 사료됩니다. 피의자는 지금 즉시 햇살원룸 301호로 구속 조치하도록 하겠습니다. 피의자가 난동을 부리거나 탈주를 하면 공무집행방해죄와 도주죄가 추가되니 유의하시기 바랍니다."

근형이의 헤드록을 풀지 않은 상태에서 판사가 피의자에게 말하듯 근엄하게 이야기했다.

물론 근형이가 가만히 있지는 않았지만 적당히 진압을 하면서 끌고 갔다.

"아, 좀 놓고 가자고!"

원룸에서 조사(?)를 하니 새터에서 친해진 여후배가 있었는데, 오늘 저녁에 만나서 술을 한잔하기로 했다는 결과가 나왔다.

잘되면 나중에 가지를 쳐 주는 조건으로 합의하고 가석방을 해 줬다.

같이 나가서 장난 좀 칠까 하는 생각도 했지만 저녁 알바를 가야 해서 아쉬운 마음으로 포기했다.

근형이와 장난이 끝나고 근형이의 철학 수업 노트를 받아서 베끼다 이우가 되었을 때 후회를 했던 게 떠올라 부모님과 통화를 하기 위해 잠시 중단했다.

지금이 꿈일지도, 아니면 이우가 꿈일지도 몰랐지만 이곳 꿈이라도 부모님의 목소리가 듣고 싶어서였다.

뚜르르르르. 뚜르르르르. 딸칵.

-어~? 웬일이야?

"엄마……."

몇 년 만에 듣는 거 같은 어머니의 목소리를 듣자마자 목이 메여서 한참을 망설이다 겨우 한마디를 꺼낼 수 있었다.

말을 꺼냄과 동시에 나의 눈에서는 눈물 한 방울이 떨어져 내렸다.

-응? 왜? 무슨 일 있어? 돈 필요해?

내 목소리가 이상해서인지 처음 기분 좋은 목소리로 전화를 받았던 것과는 다르게 심각한 목소리로 바뀌었다.

"어? 아, 아니 그냥 전화해 봤어요."

평소에 내가 돈이 필요할 때만 전화를 했던 것인지 어머니는 바로 돈 이야기부터 시작했다.

돈이 필요하지 않으면 평소에 전화를 하지 않았던 나를 잠시 원망하면서 대답했다.

–그래, 잘 지내고 있지?

"네……. 아버지는요?"

–배달 나가셨어. 별일 없는 거지? 돈 부족하면 말해 부쳐 줄게.

지방 시장에서 작은 야채가게를 하시는 부모님은 최근 학교에 납품을 한다고 들었는데, 아버지는 납품을 나가신 것 같았다.

"아니에요. 별일 없어요. 자주 전화드릴게요."

–정말 괜찮은 거지?

"네, 괜찮아요."

–……그건 한 단에 3천원이에요. 네. 네. 지훈아, 엄마 손님 왔어. 열심히 공부하고, 무슨 일 있으면 말해.

전화기 넘어로 손님이 와서인지 시끌시끌한 소리가 들렸고, 어머니는 급하게 말했다.

"네. 엄마……. 사랑해요."

–……그래, 엄마도 사랑해. 꼭 무슨 일 있으면 말해야 한다.

평소에 하지 않던 말까지 해서인지 엄마는 잠시 말이 없다 나에게 당부하듯 말을 하고는 전화를 끊었다.

아버지에게도 전화를 해 볼까 하다 운전하고 있을 때 받으면 안 될 것 같아 하지 않고, 철학 수업 노트 필기를 다시 봤다.

❦

단식을 시작하고 10일째다.

처음 단식을 하고, 3일 동안은 아예 물도 입에 대지 않았다. 이후 3일째 오후부터 물을 조금씩 먹기 시작하고 다시 일주일이 지났다.

오늘 아침에는 시월이가 가지고 오는 미음을 한 끼 반 그릇만 먹었다.

단식한 지 10일 만에 먹은 미음의 고소함은 남은 반 그릇의 미음을 더 먹고, 시월이를 시켜 미음을 더 가져다 달라고 한 다음 배가 터질 때까지 먹고 싶을 정도였다.

하지만 그런 마음을 꾹 누르고 숟가락을 놓았다.

굶었던 기간이 있었기에 겨우 미음 반 그릇을 먹었다고 말라 가던 몸이 다시 살찌거나 하지는 않았다.

그런 나를 보는 두 사람, 지금 내 상황을, 대략적 내용을 알고 있는 시월이와 아무것도 알지 못하는 하야카와의 표정이 똑같이 점점 안 좋아졌지만 신경 쓰지 않으려고 노력했다.

처음 2015년을 보았을 땐 일어나서 잠시 동안만 혼란이 왔었다.

하지만 이내 감각을 되찾고 이곳이 현실이라 확신했는데, 마음이 약해져서인지 아니면 몸이 약해져서인지 금식 기간이 늘어가면서 눈을 감으면 2015년을 보았다.

그곳에서 다시 눈을 감으면 1941년이 눈앞에 있었다.

1941년과 2015년을 오가는 일이 몇 번 지속되자 어느 순간부터 현실과 꿈의 경계가 혼란이 왔다.

이우인 내가 이지훈이란 사람의 꿈을 꾸는 것인지 아니면 이지훈이라는 내가 이우라는 사람의 꿈을 꾸는 것인지 혼란이 생겼다.

처음 이우 공이 되고 나서 이지훈일 때 알고 있던 역사를 기억이 나는 대로 기록해 놓은 책을 꺼내어 보았지만, 그 책들과 다르게 진행되는 부분들도 눈에 띄었다.

그래서 더 이상 책도 신뢰할 수 없게 되었다. 이 책에 적힌 미래에 대해 가지고 있던 확신이 없어졌다.

내가 이지훈이 맞는 것인지, 아니면 내가 이우인 건지.

내가 이지훈이라고 하기에는 다른 사람의 기억으로 알고 있는 게 아닌, 내가 겪은 것과 같이 이우로서의 모든 일생을 너무 선명히 기억하고 있었다.

이우로 살면서 겪은 모든 감각과 기억은 분명 현실이었다.

이지훈이 꿈이라고 생각하는 것도 어불성설이었다. 분명 내가 겪었고 시간이 지남에 따라 많은 기억들이 흐려지고 있었지만, 그건 세월에 흐려지는 것일 뿐 없었던 일이 되는 게 아니었다.

분명 중요한 일들의 기억은 선명했다. 두 번째 2015년으로 갔을 때 어머니와 통화하면서 흘렸던 눈물은 내 가족이기 때문에 나오는 것이었다.

복잡한 머릿속을 부여잡고, 혹시라도 실수를 하지 않기 위해서 노력했다.

꿈이라고 생각했던 이우의 삶이 현실이라면 작은 실수 하나가 손쓸 수 없는 위험으로 몰아넣을 수 있었다.

그렇기 때문에 1941년에서 깨어날 때마다 '현실이다'를 마음속으로 되뇌었다.

4장

네가와는 내가 상태가 안 좋다는 걸 확인한 이후로도 매일 같이 와서 전날 귀족원에서 있었던 일들을 서면으로 건네고, 등원이 언제쯤 가능한지 확인했다.

귀족원은 여전히 도쵸와 고노에가 대립 중이었고, 미국과의 전쟁에 대한 안건은 논의만 하고 있을 뿐 투표가 이루어지지 않고 있었다.

고노에는 1차 정쟁에서 패배해 대정익찬회를 내주어 중의원에서의 주도권은 빼앗겼지만, 귀족원에서는 여전히 버티고 있었다.

히데키 쪽에서도 노력을 하고 있는 게 눈이 보였는데, 중간에서 아직 확실히 마음을 정하지 못하고 있던 무소속 여덟 명도 히데키의 회유(혹은 협박)에 미국과의 전쟁 개전을 적극적으로 어필하기 시작했다.

하지만 아직도 내가 가진 한 표를 가서 행사하지 않는다면 안건 통과는 요원했다.

정확히 표결이 이루어지는 날짜는 알지 못했지만, 12월 초에 진주만을 기습하면서 전쟁이 시작되려면 12월이 되기 전에 투표가 이루어져 전쟁준비에 들어가야 한다. 이른 날짜 내로 해군이 움직여야 하는 것이다.

아직 미국과의 개전은 시작되지 않았지만, 중국과 유럽 연합국과의 해전은 이미 하고 있어 전쟁준비는 되어 있었다.

그래서 전쟁준비가 오래 걸리지는 않는다 해도 작전 수립과 전쟁 돌입을 하려면 최소 한 달은 걸릴 것으로 확신했던 나의 마음이 흔들리기 시작했다.

앞으로 얼마나 더 금식을 해야 하는 것인지 확신이 들지 않았다.

이 기간이 너무 길어지면 히데키 쪽에서 가만히 안 있을 수도 있다는 생각이 들었다.

"전하, 이왕 전하께서 방문하셨습니다."

"방으로 모시게."

조금 의외의 인물이 방문했지만, 그가 못 올 곳을 온 것은 아니었기에 바로 대답했다.

시월이는 나머지 반을 욕실에 버린 이후 빈 그릇을 가지고 있다가 영친왕 이은이 들어오고 나서야 밖으로 나갔다.

이은을 모시고 온 하야카와에게 주위를 물리라고 말을 하니 그는 조용히 고개를 숙여 대답을 대신 하고는 문을 닫고 나갔다.

"우야, 얼굴이 이게 뭐냐? 어찌 이러고 있어."

그래도 숙부인 영친왕이 왔는데 누워 있을 수는 없어서 안 들어가는 힘을 다리에 주어 자리에서 일어났다.

"숙부님 오셨습니까? 미리 연락을 하지 못해 죄송합니다."

어찌 보면 지금 거짓말을 하는 중이었기 때문에 가족에게도 아무 연락도 하지 않았다.

그런데 이은이 어디서 알게 되어 찾아온 것 같았다.

"아니야, 아니야. 예법 같은 건 필요 없으니까 얼른 다시 누워 있어."

10일 동안 굶었지만 평소에 몸 관리를 잘해서인지 내 몸을 못 가눌 정도로 힘이 없지는 않았다.

"괜찮습니다."

"그럼 몸도 안 좋은데 계속 서 있을 수는 없으니 이쪽으로 앉자."

이은이 권한 방 안에 가끔 차를 마실 때 사용하는 탁자에 마주 앉았다.

"몸은 괜찮으냐?"

"심려 끼쳐 드려 송구하옵니다. 염려하실 만큼 큰일은 아니옵니다, 숙부님."

"몸이 이렇게 됐는데 어떻게 큰일이 아닌가……."

이은은 말끝을 흐리면서 한참을 날 안쓰럽게 바라봤다.

시월이가 차를 두 잔 가지고 와서 나가고 나서도 아무런 말 없이 내 몸을 바라봤다.

"덕혜에 이어서 우 너까지도 몸이 좋지 않다니……."

이우 공의 고모이자 광무제의 고명딸인 덕혜옹주는 이우 공에게 고모이기는 하나 동갑이어서 어린 시절부터 많은 교류가 있었다.

이우 공의 기억 속 어린 덕혜옹주는 웃음도 많고, 밝은 사람이었다.

하지만 광무제가 승하하고 일본 제국의 강요로 인해 조선을 떠난 후, 일본에서 많은 감시의 눈 속에서 살아서 말수가 점점 줄어들고 웃음도 없어졌다.

그러다 어느 순간부터는 피해망상과 신경쇠약의 징후가 보이기 시작했다.

그래도 일반적인 생활을 하는 데에 지장을 주는 정도는 아니었다.

한데 1929년 생모인 양 귀인이 죽고 장례를 치를 때에 양 귀인이 귀족이 아니란 이유로 왕공족인 덕혜옹주는 복상服喪을 할 수 없다는 이왕직의 의견으로 인해 조선까지 갔지만 결국 복상하지 못하고 일본으로 돌아와야 했다.

조금씩 보이던 신경쇠약의 증상들이 그 무렵부터는 더욱 심해졌다. 그래서 진료를 받으니 조발성치매(현現 조현병)이라는 진단을 받았다.

당시 함께 살고 있던 이은과 부인인 이방자의 정성 어린 간병으로 조금 호전이 되었지만, 내선일체라는 미명하에서 일본 제국의 강요로 소 백작가의 37대 당주인 소 다케유키宗武志와 정략결혼을 했고, 결혼 생활을 하면서 다시 병환이 심해졌다.

결국 지금에 이르러서는 모든 외부 활동을 중단하고, 동경의 자택에서만 생활을 하고 있었다.

중간에 하야카와나 다른 가족에게 건네 들을 이야기로는 병세가 조금 더 심해졌다고 했다.

그래서 조선 왕실의 행사와 왕공족으로서 참석해야 하는 행사는 남편인 소 다케유키와 딸인 소 정혜만이 참석하고 있었다.

"송구하옵니다."

"아니다. 니가 송구할 게 뭐가 있느냐? 그래, 의사는 다녀갔느냐?"

"하야카와가 신경 쓰고 있어 매일같이 왕진을 오고 있습니다. 정신적 피로 때문에 몸이 약해지는 것이라 조금 쉬고 나면 괜찮아질 것이라고 하였습니다."

의사가 와서 진료는 하였으나, 의사는 내가 죽을 잘 먹고 놔주는 링거를 잘 맞는다고 생각하고 있어 점점 말라 가는 나의 병명을 제대로 찾지를 못했다.

단지 짐작하는 것은 이 시대에는 아직 규명되지 않았으나 하나의 가설로 연구가 진행되고 있는 정신적인 문제로 영양 섭취가 제대로 안 된다고 생각하고 있었다.

"병환이 가볍지가 않은데, 왜 연락을 안 했느냐……. 다른 누구도 아닌 우, 너의 병환이지 않느냐."

"그리 심각하지 않습니다. 숙부님께서 신경 쓰실 정도는 아니옵니다."

"귀족원에 칙임되었다는 이야기를 듣고 축하를 하기 위해 동경으로 오지 않았다면, 네가 아픈지도 모르고 있을 뻔했어. 왜 알리지 않은 것이냐?"

이은은 심각한 표정으로 나를 꾸짖었다.

솔직히 난 경성에만 알리 않기 위해서 노력한 것이지 이은은 생각하지도 못했다.

궁내성을 통해 이왕직에는 내가 아프다는 게 알려져 있을 테지만, 하야카와에게 당부를 해서인지 이왕가에는 알려지지 않은 것 같았다.

"축하를 하시다니요. 저에게는 치욕일 뿐입니다."

내 병을 이야기 주제로 하다 잘못 말실수라도 하면 안 되었기에 이야기의 주제를 돌렸다.

또한 귀족원으로 칙임된 것 자체가 나에게 치욕인 것도 사실이었다.

"……아직도 독립을 꿈꾸는 것이냐?"

이은의 말을 들으니 여운형과 처음 만났을 때에 했던 대화가 떠올랐다.

독립을 위한 모임을 결성할 때에 이은과 접촉을 했다가 접촉한 인물이 고발당해 고초를 겪었다고 했었다.

아직까지 내가 그에게 독립 준비에 대해서 언질을 한 일이 거의 없었는데, 급하게 말을 돌리다 보니 조금 실수한 것 같았다.

하지만 말을 꺼내지 않았으면 몰라도 이미 말을 시작한 이상 그의 의중을 확인해 보자는 생각으로 말을 이어 갔다.

"일본은 너무나도 쉽게 대한제국을 집어삼켰습니다. 선조 고종 황제의 윤허가 있었던 것도 아니고, 이완용을 필두로 한 간신들이 갖다 바친 것이지요. 그 대가로 그들과 그들의 후손들은 호의호식하면서 잘 살지만 대한제국의 백성들과 대한제국을 위해서 살았던 사람들은 자신들의 고향에서 떠나 전 세계 곳곳을 떠돌거나 일본 제국 아래 개, 돼지보다 못한 취급을 받으면서 생을 연명하고…… 아니, 그 태반은 이미 죽었습니다. 이게 과연! 제대로 된 일입니까? 우리 황실이 대한인들에 대한 조금의 미안함이라도 있다면 이곳에서 호의호식할 게 아니라 무엇이라도 해야 하지 않습니까?"

평소 이은이 조선의 미술을 위해서, 또 대한인들을 위해서 소극적이나마 무언가 하려고 하는 것을 알고 있었지만, 지금까지 이은이 했던 것들은 대한제국의 사람으로 봤을 때 너무나도 부족했다.

그렇다 보니 적극적으로 독립을 하기 위해선 아무런 노력도 하지 않는 이은이 곱게 보이지 않았다.

그리고 말을 하다 보니 그동안 독립을 준비하면서 쌓였던 울분까지 터져 나와 목에 힘이 들어가면서 말했다. 큰 소리는 아니었지만, 강한 어조만으로 내 앞에 앉아 나의 이야기를 듣는 이은이 나의 분노를 느끼기에는 충분했다.

"……."

이은은 한참을 아무런 말이 없이 의자에 앉아 있었다.

그의 어깨가 살짝 내려간 느낌이 드는 것은 내 착각이었는지도 모르겠으나, 한참을 생각하던 이은은 작은 한숨과 함께 말을 시작했다.

"후……. 이미 망한 나라의 왕족이다. 내 어찌 조선의 백성들에게 미안함이 없겠느냐? 하지만 독립? 우 네 눈에는 조선의 독립만 보이고, 지금 일본 제국은 보이지 않는가 보구나. 일본 제국이란 나라는 우리가 생각하는 것보다 훨씬 강하다."

"일본은 이미 폐망을 향해서 가고 있습니다. 숙부님이 생각하시는 것만큼 강하지 않습니다. 곧 있으면 미국과의 전쟁까지 발발할 것입니다. 그렇게 되면 일본이 버틸 수 있는 힘은 없습니다."

아직 내가 등원을 하지 않아 전쟁동의안이 통과가 되지 못하고 있었지만, 이런저런 정보들을 취합해서 낸 결론에 따르면 미국과의 개전은 확실했다.

재작년 1차 대전 이후 생긴 국제연맹에서 탈퇴하고, 작년 함께 국제연맹을 탈퇴한 이탈리아 왕국, 나치 독일과 체결한 삼국동맹과 일본 제국 내에서 팽배해지고 있는 군국주의와 제국주의 등 여러 정황들이 또렷하게 하나의 결과를 보여 주고 있었다.

일본 제국은 제2차 세계대전이라는 호랑이의 등에 올라타 있었다.

방아쇠가 되는 일이 없어서 개전을 안 했을 뿐 곧 개전을 하는 건 너무나도 확실했다.

그리고 그 길이 절대로 영광을 향해서 가는 길이 아니란 건 세계 정세에 대해 알아보고, 조금이라도 냉정하게 생각할 수 있는 사람이라면 충분히 알 수 있었다.

그렇기에 일본의 핵심 인물 중 한 명인 고노에 후미마로도 개전을 반대하다 총리직까지 내려놓았다.

"미국과의 전쟁이라……. 우 네가 어떻게 생각하는지는 알고 있으나, 일본 제국은 이미 아라사俄羅斯(소련 수립 이전 러시아 제국)와의 전쟁에서도 승리한 적이 있어 미국이라 할지라도…… 이기지는 못해도 그리 쉽게 패하지 않을 것이다. 두 나라가 이전까지 제국주의 국가들처럼 적당한 선에서 타협할 수도 있어. 일본 제국의 저력을 무시하면 안 돼. 만약 조선의 왕실이 독립을 해 보겠다고 움직일 경우, 지금보다 더 심한 압제壓制와 유린蹂躪을 겪을지도 모른다는 것은 왜 생각하지 않느냐? 이토 히로부미伊藤博文 통감이 테러로 암살당하고 나서 형식적으로나마 유지되던 조선이 완전히 없어졌다. 그들은 독립을 위해서라고 했지만 통감이 죽은 지 32년이 지난 지금까지 독립은 요원했어. 그런 테러 몇 번으로 이루어질 수 있는 독립이 아니다. 아니, 오히려 그들의 테러로 조선에 대한 탄압은 더욱 강해졌지. 일반인이 움직여서 일어난 후폭풍을 2천만 조선 모든 민중이 감당해야 했다는 걸 기억해라. 우 네가 하는 위험한 일이 조선 민중 전체를 위험하게 한다는 걸 필히 유념해야 한다."

평소 말수가 적고 자신의 의견을 피력하는 것에 인색한 이은이었지만, 이번엔 이례적으로 길게 말했다.

이은이 하는 말을 가만히 들으니 그가 독립에 대해서 내가 생각하는 것보다 더 부정적이란 것을 알 수 있었다.

많은 이야기 중에서 특히 이등박문에 대한 부분에서 말한 테러, 암살을 운운하는 순간, 영친왕 이은이 어떠한 시각으로 대한제국을 바라보는지 판단했고, 그에 대한 나의 마음을 결정했다.

이은이 일본의 강력한 힘 앞에 이미 포기한 것인지, 아니면 어린 시절부터 일본에 와서 살면서 일본 교육을 받고 일본인들과 살아서 일본인화가 된 것인지 알 수 없었다. 다만 확실한 것은 내게 도움이 될 가능성은 없어 보였다.

그리고 융희제가 왜 자신의 정식 후계자인 이은을 두고 비밀리에 이우를 적통으로 정했는지 확실히 알 수 있었다.

더 긴 이야기를 하다 내 계획이 알려지는 것은 안 되었기에, 앞으론 조선의 유물을 구매하여 보호하는 것 같은 이은의 뜻을 거스르지 않는 부분에서만 그와 소통을 하기로 마음을 굳혔다.

"알겠습니다."

이은은 내가 별다른 말 없이 대답을 하자 조금 의심스러운 눈빛을 잠시 가지고 있다가 내가 평소에도 일본에 협조적이지 않다는 것을 알고 있어서인지 의심의 눈을 지우고 창밖을 잠시 바라봤다.

"……내가 천황가로 가서 우 너의 몸 상태가 정상적으로 돌아올 때까지 등원이 힘들다는 것을 알리겠다. 상세가 많이 안 좋으니 이해하실 거야. 너는 네 몸을 잘 보살피고 쉬도록 해라. 일 때문에 오래 못 있어서 미안하다."

"아닙니다. 숙부님이 와 주셔서 감사합니다. 그리고 경성에는……."

이은은 내가 하고 싶은 말이 무엇인지 알았다는 듯 내가 하는 말을 끊고 말했다.

"알고 있어. 비밀로 할 테니 걱정하지 말아."

이은이 떠나고 나서 내가 가지고 있던 계획을 수정했다.

후에 독립전쟁에서 이은에게 많은 도움을 요청할 생각을 가지고 있었는데, 그러한 부분들을 전부 수정했다.

왕실 종친들에게 도움을 얻어 내는 방법과 왕실이 해 줘야 하 하는 일들은 영친왕 이은이 아닌 아버지 의친왕 이강과 순정효황후에게 나눌 방법을 고민했다.

영친왕 이은이 다녀가고 나서도 단식 이후 이어지던 1941년과 2015년을 오가는 일이 계속되었는데, 하나의 실험으로 인해서 1941년이 현실인지는 알 수 없으나 내가 본 2015년이 꿈임을 확신했다.

물론 몇 가지 가정 중에 내가 2015년에서 무슨 사고로 뇌사가 되거나 식물인간이 되어 양쪽 모두 내 머릿속에서 벌어지는 것일 수도 있다는 생각도 들었다.

그러나 그건 확인이 불가능했고, 지금까지 확인한 부분을 조합하면 2015년이 현실이 아니라는 것은 확신할 수 있었다.

양쪽을 오가면서 고민을 하다 이렇게 계속해서 양쪽의 인생을 보면 내가 진짜 미쳐 버릴 것 같아 한 가지 꾀를 내었다.

2015년이 꿈이라면 내가 알지 못하는 곳으로 가면 아무것도 안 보이지 않을까라는 생각을 했다.

이건 내가 처음 1940년으로 갈 때 운현궁에서 보았던 암흑에서 힌트를 얻었다.

내가 알지 못하는 부분이라면 구현이 되지 않을 것이라 예상하고, 2015년에서 월초가 되어 용돈이 들어온 그날 바로 김포에서 하네다로 가는 가장 빠른 비행기를 예약했다.

이지훈이라는 나는 과거로 오기 전까지 일본이란 곳을 한 번도 온 적이 없었다.

그곳에서 최대한 잠들지 않고 버티면서 비행기를 타고 하네다공항으로 출발했다.

2시간에서 조금 더 지나자 안내 방송이 나오기 시작했다.

-저희 항공기는 잠시 후 착륙을 위해 강하를 시작하여 목적지 도쿄 하네다국제공항에 앞으로 약 15분 후인 17시 20분에 도착할 예정입니다. 현재 도쿄 지방은 맑은 날씨에, 기온은 영상 21도를 가리키고 있습니다. 오늘도 저희 한국항공을 이용하여 주신 손님 여러분께 전 승무원을 대신하여 감사의 말씀드리며, 다음 여행에서도 기내에서 다시 뵙기를 바라겠습니다. 나머지 시간도 즐거운 시간 되십시오. 감사합니다. 치칙-. Good Evening Ladies and Gentlemen. This is your First Officer speaking…….”

딱 여기까지였다. 그 뒤로 분명 비행기에 탑승해 있던 내가 학교 앞에 있는 원룸에 앉아 있었다.

핸드폰을 열어 시간을 확인해도 오후 5시 5분 비행기에 있어야 할 내가 갑자기 순간 이동을 하듯 원룸으로 돌아왔다.

내가 잠이 들었던 것도 아니고, 분명 눈을 뜨고 앉아 있었는데 돌아왔다. 거기다 내가 손에 쥐고 있던 휴지를 펴 보니 한국항공의 로고가 선명히 박혀 있었다.

핸드폰 열어 Wallet에 들어가니 분명 내가 타고 있었던, 지금 동경 상공을 비행 중일 비행기의 Boarding Pass가 들어 있었다.

내 손에 쥐여 있는 휴지와 핸드폰에 들어 있는 Boarding Pass, 이 두 가지로 이곳은 현실이 아니란 것을 확신했다.

물론 2015년에서 1940년으로 돌아가 이우 공의 몸에 빙의가 되었다는 것 자체가 비현실적이긴 했지만, 최소한 1941년에서는 비현실적인 일이 일어나지 않았다.

비현실적인 일이 일어난 2015년을 꿈이라고 생각하고 나자 복잡했던 머릿속이 어느 정도 평정을 찾아가기 시작했다.

1941년에서 잠이 들어 2015년에서 깨어나면 나는 기억 속 저 구석에 있는, 이전에 배워 기억하는 부분 중에 1941년의 나에게 도움이 될 만한 부분들을 찾기 시작했다.

이곳에 온 지 오래되면서 잊어버렸던 부분들까지도 무의식의 세계여서인지 책을 통해 명확하게 확인할 수 있었다.

내가 가장 우려했던 부분, 나로 인해서 역사가 바뀌어 아직 전쟁동의안이 통과가 안 된 것인가 했던 부분은 내가 가지고 있던 세계사 책에서 확인할 수 있었다.

1학년 때 배운 세계사 교양시간에 썼던 교재에 비교적 세세하게 나와 있었는데, 거기서 지금의 나에게 아주 중요한 부분이 있었다.

미국과의 전쟁을 주장하는 쪽에서 개전의 근거로 꼽는 게 몇 가지 있었다.

그런데 그중에서 가장 큰 것이 만주사변과 중일전쟁, 난징대학살, 국제연맹 탈퇴 등의 이유로 미국, 영국을 필두로 하는 국가들이 일본으로의 전략물자(석유, 철, 고무 등) 수출을 금지한 점이다.

대동아공영을 주장하면서 하고 있는 중일전쟁을 비롯해 지금 현재 수행하고 있는 여러 전쟁에 필요한 물자들이 부족해진 것이다.

인도차이나반도에 있는 전략물자를 확보하지 못하면 지금 수행하고 있는 전쟁도 패전으로 향해 갈 것이 확실했다.

교재에서는 일본이 금수 조치를 해제하기 위해 19○○년 ○월 26일 미국 국무장관 코델 헐Cordell Hull과 주미 일본 대사 노무라 기치사부로野村吉三郎가 미국에서 마지막 협상을 한다고 나와 있었다.

그 협상은 서로 평행선상을 달린 후 결렬되고 일본은 그날 바로 열도에 미리 모여 있던 함대가 출항, 진주만을 공습하기 위해 출발했다고 나와 있었다.

그리고 내가 궁금해했던 공습 일자는 12월 7일 오전 ○시로 적혀 있었다.

분명 책에 시간까지 적혀 있는데, 내가 과거에 확실히 읽지 않아서인지 중간중간 일부 단어들과 숫자들은 안개가 낀 것처럼 흐릿하게 보였다.

내가 꿈속이란 것을 인식해서인지 책을 보다 누군가 나를 부르는 소리에 눈앞이 암전되었다.

밤새 감겨 있어 안 떠지는 눈을 조금씩 뜨니 시월이가 시야에 들어왔다.

"시월아, 지금이 몇 시냐?"

"10시이옵니다, 전하. 식사 시간이 한참 지나 더 늦게 드시면 안 될 것 같아 부득이 깨울 수밖에 없었사옵니다, 전하."

평소 아침 7시에서 늦어도 8시 전에는 아침을 먹었고, 4일 전 미음을 먹기 시작하면서도 오전 9시 전후로 먹었기에 이미 충분히 늦은 시간이었다.

내가 꿈속에서 필요한 정보를 찾아 모으고 있어서인지 평소보다 더 긴 시간을 잠들어 있었고, 그런 나의 건강을 생각해 깨운 것 같았다.

시월이는 하루 한 끼 먹는 미음, 그것도 겨우 이제 4일째인 미음을 늦게 먹을까 해서 걱정한 얼굴이었다.

"고맙구나."

시월이의 마음을 잘 알고 있었기에 웃으면서 말을 하곤 시월이가 가지고 온 미음 그릇을 받아 들고 먹었다.

금식 기간이 길었고, 지금 섭취하는 칼로리도 몸을 유지하기에 부족해서인지 숟가락을 드는 손이 떨려 왔다.

최대한 떨림을 참으면서 입속으로 미음을 넣었고, 시간이 지나자 떨림이 조금 줄어들었다.

시월이가 내가 먹고 남긴 미음을 처리하고 나가자 꿈속에서 봤던 글을 정리했다.

시간상 이미 해군 함대는 어딘가 집합을 하기 시작했고, 월은 안 나와 있었으나 미국과의 최후 협상이 26일이었다.

진주만 공습이 있는 12월 6일이 얼마 남지 않았고, 여러 정황상 내가 기억은 못 하지만 가장 합리적인 추론은 11월 26일을 최후 협상일로 보는 것이었다.

오늘 날짜가 11월 24일이었다.

힘든 금식을 앞으로 2일 정도만 더 하게 되면 전쟁은 내 손을 벗어난다는 확신이 들자 너무 힘들던 금식도 한결 마음이 편해졌다.

미음을 처음 먹기 시작하면서 생겼던 음식에 대한 열망도 며칠이 지나면서 적응한 듯 미음을 먹어도 처음처럼 음식을 더 먹고 싶은 마음이 생겨나진 않았다.

나에게 배속되고 나서부터 매일같이 찾아오던 네가와 노

부지가 어제부터 오지 않았다.

처음 병환을 가장한 단식을 시작하고 귀족원이 열리지 않는 첫 일요일에도 찾아와 나의 상태를 확인했는데, 두 번째 일요일이었던 23일에 오지 않아 일요일이라 쉬는 줄 알고 아무 생각 없이 넘겼다.

그런데 귀족원이 열리는 월요일이 된 오늘도 저녁까지 아예 오지 않았다.

내가 그가 그립거나 한 것은 아니었지만, 그가 도죠 히데키 총리 쪽에서 내 동태를 감시하기 위해 보낸 인물이란 걸 알고 있는 상황이라 갑작스러운 그의 태도 변화가 이상하게 느껴졌다.

무슨 일이 일어나고 있는지 알고 싶었으나, 알 수 있는 방법이 없었다.

나의 눈과 귀과 되는 제국익문사에서도 귀족원 내부에서 일어난 일에 대해서는 전부 알아내긴 힘들었다.

귀족 의회의 구성이나 정당 구성을 알아보는 것과는 차원이 다른 문제였다.

귀족원 정당 인원 같은 자료들이야 어느 정도 공개가 되어 있는 자료여서 구하고자 하면 구할 수 있는 부분이었지만, 내부에서 생긴 새로운 이슈에 대해서는 빠르게 알아내기가 힘들었다.

"아직 도착한 것이 없는가?"

아침에 이미 미음을 먹어 점심, 저녁은 거르지만 다른 사람들의 이목이 있었기에 저녁 분량으로 가지고 들어온 미음을 처리하고 시간을 보내기 위해 내 옆에 서 있는 시월이에게 물었다.

"지난번에 받으신 것 이후로는 없사옵니다, 전하."

2일 전에 내가 지시했던 부분에 대한 답장을 보내온 이후로 제국익문사로부터는 새로운 편지가 없었다.

"네가와가 2일째 오지 않는 것에 대해서는 들은 바가 없느냐?"

"들은 바는 없사옵니다. 혹시 하야카와 시종장께서 따로 들으신 것이 있을지는 잘 모르겠사옵니다, 전하."

"나가는 길에 하야카와를 불러 주게."

시월이가 나가고 나서 얼마 지나지 않아 하야카와가 내 침실로 들어왔다.

"찾으셨습니까, 전하."

"매일같이 찾아오던 그 사람은 오늘 안 왔는가?"

굳이 하야카와에게 네가와 노부지의 이름까지 말하며 내가 그 사람에게 지대한 관심을 가진 듯한 인상을 줄 필요가 없어 대충 말했다.

"네가와 노부지 비서관을 말씀하시는 것이면 오지 않았습니다."

하야카와는 내 말을 듣고 잠시 생각을 하다 금방 누군지 눈치채고 대답했다.

"매일같이 오던 사람이 안 오니 이상하군……."

"제가 한번 알아보도록 하겠습니다."

하야카와는 열심히 일하는 사람이란 게 눈에 보였다. 긴말은 아니었지만 내가 궁금증을 가지자 바로 만족할 만한 결과를 내기 위해 노력하려고 했다.

그가 궁내성에서 파견한 사람이 아니었으면 오랫동안 함께 일하면 좋겠다는 생각이 들 정도로 일을 잘하는 아까운 사람이었다.

"아니야. 꼭 필요한 사람도 아니고 놔두게. 의사는 몇 시쯤 오는가?"

"점심이 지나고 나면 올 것입니다."

"도쿄제국대학병원에서 온다고?"

"그렇습니다, 전하. 현재 도쿄제국대학에서 가장 유명한 석학이라고 들었습니다."

"알겠네. 나가 보게."

평소 이왕가의 왕족은 일본의 천황가와 똑같은 대우를 받고 있어서 건강 관리 역시 궁내성 병원이 개인별로 담당해 주치의를 가지고 있었다.

내가 뚜렷한 이유가 없이 상태가 점점 악화되고 해결책을 찾지 못하자, 이번에는 나름 일본에서 가장 좋은 병원인 동경제국대학부속병원에서 근무하는 유명한 교수가 나의 병을 진단하기 위해서 온다고 했다.

이 시대의 진단 능력으론 정확히 알아내지 못할 것이라고 생각은 했지만, 가장 능력 있는 의사가 온다는 이야기에 혹시라도 들킬까 우려되긴 했다.

점심이 지나고 나자 저택의 입구에 흰색 바탕에 빨간색 십자가가 그려져 있는 구급차 한 대가 들어왔다.

그리고 얼마 지나지 않아 하야카와가 의사가 도착했음을 알리고 함께 들어왔다.

하야카와를 빼고 세 사람이 들어왔는데, 간호사로 보이는 하얀 옷에 천으로 된 요리사 모자 같은 것을 쓴 여성 한 명과 정장을 입은 남성 한 명 그리고 전혀 생각지도 않았던 금발 머리의 중년 서양인 남성이 들어왔다.

"전하, 이쪽은 도쿄제국대학의 석좌교수이신 요한 폰 슈타우피츠Johann von Staupitz 박사이십니다. 이쪽은 통역 담당이신 다나카 마코토 씨입니다."

하야카와가 소개를 하고 나와 세 사람이 가벼운 인사와 대화를 주고받고 나니 곧바로 진료가 시작되었다.

이전의 진료와 별다른 건 없었다. 이전과 같이 피를 채취하고, 청진기로 이곳저곳을 확인하고, 석좌교수라는 의사가 직접 이곳저곳을 만져 보기도 했다.

통역을 통해서 질문을 계속하다 보니 대화를 몇 마디 나누는 것도 시간이 평소보다 더 오래 걸렸다.

의사는 무언가 마음에 안 드는지 진료를 한참 하다 중단하고는 통역사와 한참을 무언가 이야기했다.

통역사는 한참을 망설이다가 내게 이야기했다.

"이우 공 전하, 실례인 걸 알지만 혹시 전하께서 서양 말을 하실 줄 아시는 게 있습니까?"

"무슨 일인가?"

통역사의 뜬금없는 말에 영문을 몰라 질문했다.

"요한 석좌교수가 민감한 질문이 있어서 되도록이면 직접 대화를 하고 싶다고 합니다."

"영어와 프랑스어라면 가능하네."

내 말을 통역이 의사에게 전하자 그는 바로 프랑스어로 내게 물어 왔다.

"주위를 물려 주게."

내가 귀족이기는 해도 독일인인 그가 굳이 내게 존대를 할 필요는 없다고 생각한 건지 평어로 말해 왔다.

프랑스어가 존댓말과 반말의 차이가 없다곤 해도 평민이 귀족에게 묻는 말과 평어로 이야기를 하는 것에는 차이가 있었다.

그러나 나는 굳이 귀족의 대우를 받을 생각도 없었기에 별다른 제지를 하지 않고 대답했다.

"중요한 일인가?"

"개인적으로 민감한 질문이라……. 통역과 간호사는 못 알아듣지만 여기 있는 다른 사람 중에 프랑스 말을 알아듣는 사람이 있다면 민망하지."

의사와 함께 온 두 사람 말고 있는 사람이라곤 하야카와뿐이었지만, 하야카와가 프랑스어를 알아듣는지 정확히 알지 못해 주위를 전부 물렸다.

내 말에 의사와 나만 방에 남고 나머지 사람은 전부 나갔다.

사람이 나갈 때까지 기다렸다 문이 닫히고 나서야 의사는 내게 물어 왔다.

"언제부터 밥을 안 먹었나?"

유능한 의사라고 이야기는 들었지만, 짧은 시간의 진찰로 지금 내 상황을 전부 파악한 것 같았다.

"그게 무슨 소린가?"

"아직까지 음식을 섭취하는데 그게 영양분으로 가지 않는다는 이야기는 듣지 못했으니 당연한 것 아닌가?"

"죽이긴 하지만 음식은 세끼 꼬박꼬박 먹고 있어."

"독일에 있을 때 나치 놈들에게 저항하다 밥을 먹지 않고 죽어 간 사람들 여럿을 진찰해 봤어. 지금 네가 가지고 있는 증상과 똑같았지. 정치적인 문제라면 걱정하지 말고 말해. 나는 제국주의를 혐오하고, 민족자결주의를 지지하는 사람이니까 혹시 알려질 걱정은 말고."

요한은 나치와 제국주의에 대해서 말할 때 약간의 흥분과 짜증스러움이 묻어났다.

"……이 일은 비밀로 해 주게."

이미 의사로서 내 몸에서 무슨 일이 있는지 정확히 알고 있는 그가 혹시라도 궁내성이나 도쿄 히데키 쪽에 내 증상에 대해서 말하면 모든 일이 허사로 돌아갈 게 뻔했다.

지금 그가 물어 오는 이유를 정확히 파악하고 잘못되지 않게 막아야 했다.

"지금 며칠째 음식을 안 먹은 것인가?"

"최근에 조금이긴 하지만 먹고 있어. 굶은 시간은 10일 정도 되네. 처음 3일은 물도 안 먹었고 그 뒤로 7일간은 물로만 버티고, 그 후로 하루 한 끼 죽을 반 그릇 먹어."

어차피 거짓말을 해 봐야 속이는 게 불가능해 보여 차라리 내 모든 패를 까놓고 이야기를 하는 게 나을 것 같아 모든 상황을 이야기했다.

물론 그가 나가서 전부 다 떠벌릴 수도 있었지만, 이미 내 진료에서 정확한 진단을 내린 사람에게 거짓말은 소용없어 보였다.

"딱 죽지 않을 정도군. 의사가 조언한 것인가? 기간이 아주 정확하네. 굳이 내가 올 필요도 없었어."

"의사가 조언한 건 아니고 '죽기 직전까지 버텨 보자.'라는 생각으로 안 먹은 거지. 앞으로 어느 정도 더 버틸 수 있을 것 같나?"

"죽은 앞으로 한 그릇은 먹게. 너무 적어. 이미 근육에서 영양분까지 빼서 몸을 유지하는 데 사용하기 시작했어. 너무 적게 먹으면 나중에 다시 음식을 먹기 시작해도 몸을 회복하는 데 너무 오래 걸릴 거야. 무엇을 위해서 이렇게 하는지 모르겠으나, 내가 도움을 줄 부분이 있다면 말하게."

말을 하는 내내 의자를 가지고 와 침대 옆에 앉아 있는 중년의 의사를 관찰했다.

그의 표정과 행동을 관찰하니 그가 나를 속이기 위해 이러는 것 같지는 않았다.

이우 공으로 살얼음판을 걸어가면서 살다 보니 표정, 말하는 느낌으로 사람을 어느 정도 구분할 수 있게 됐다.

아직까지는 그런 느낌으로 구분한 사람 중에 실패한 사람은 없었다. 그래서 이번에도 내 느낌을 믿어 보기로 했다.

"혹시 내 병명을 뭐라고 적을 건가?"

"일단 정신적 피로로 인한 영양분 결합 불능 정도 되겠지. 희귀병으로 처리할 거야. 물론 다른 의사들이 와서 확인해 본다 해도 이상한 점을 못 찾을 것이고."

마치 자신만큼 유능한 의사는 절대 없다는 표정으로 나에게 위로 아닌 위로를 했다.

"이왕이면 심신에 요양이 필요하다고 처방을 내려 줬으면 좋겠군."

"그 정도는 어렵지 않지. 그렇게 처리해 줄게. 너의 신념을 꼭 이루길 바래."

"고마워."

그가 과연 내게 말해 준 대로 해 줄지는 두고 봐야겠지만, 대화를 나눈 느낌은 나쁘지 않았다. 미지의 땅에 한 걸음 내디뎠지만, 이게 늪이 아닌 단단한 땅이길 마음속으로 빌었다.

그가 나가면서 마지막으로 한 말이 내 정신을 멍하게 했다가 웃음 짓게 만들었다.

"아, 민감한 이야기에 대해서 누가 물어보면 성생활에 대한 거라고 이야기하게."

요한 폰 슈타우비츠 박사가 다녀가고 2일이 지났다.

그가 다녀가고 나서 아침에 먹는 미음을 반 그릇에서 한 그릇으로 올렸다.

혹시 그가 나에 대해 다른 사람에게 말했으면 어떻게 해야 하나 고민이 있었는데, 그가 가고 나서 그다음 날인 어제 내 불안한 마음을 궁내성에서 온 관리가 전부 해소해 주었다.

요한 박사가 내 병에 대해서 나에게 이야기를 해 주었던 것과 똑같이 궁내성에도 이야기를 했다.

그리고 내가 어느 정도 기운을 차리면 귀족원으로 등원하지 말고, 조선의 운현궁에서 요양할 것을 청해 왔다.

형식적으로 요청을 했지만, 실상은 명령에 가까웠다.

야스히토 친왕에게 편지를 보내 힘을 써 줄 것을 요청해서인지 생각보다 쉽게 경성으로 가는 티켓을 받을 수 있었다.

원래는 전쟁동의안이 통과되고 나면 한두 번 정도 쓰러진 척한 다음 내가 직접 야스히토 친왕과 고노에 가문을 움직여 경성으로 요양을 보내 줄 것을 요청하려고 했는데, 쉽게 해결되었다.

내가 직접 움직이면 경성으로 갈 수는 있지만, 히데키나 고노에 둘 다 내가 왜 경성으로 가고 싶어 하는지에 의문을 가질 수 있었다.

그런데 뜻밖의 인물 덕분에 자연스럽게 요양을 갈 핑계가 만들어졌다.

그리고 내가 단식을 하게 되었던 원인인 전쟁동의안도 오늘 중으로 통과가 될 것이었다.

네가와 노부지는 처음 안 온 날 이후로 오늘까지 4일째 한 번도 동경 저택으로 오지 않고 있었다.

처음에는 그가 오지 않는 것이 불안했으나, 가만히 생각을 하니 그가 오지 않는 것은 내가 더 이상 도죠 히데키에게 매력적인 패가 아니게 되었다는 반증으로 해석됐다.

그렇다고 도죠가 전쟁을 포기한 것일 리는 없기에 내 예측은 이미 해군과의 어떤 교감이 있었고, 전쟁은 막을 수 없다는 걸 양측 다 알게 되어 지금 워싱턴에서 하고 있는 최종 협상이 결렬되면 전쟁 발발이란 걸 확인한 것으로 보였다.

생각이 정리되자 네가와가 오지 않는 것에도 걱정을 하지 않았다.

난 오늘 전쟁동의안 통과가 이루어지고 나면 동경 정가政家가 정신없을 때 조용히 동경을 벗어날 생각이었다.

이미 천황가와 궁내성의 허락은 받은 상태였기에 별다른 문제는 없었다.

귀족원 자체는 출석에 대해서 강제 조항이 없었다.

직선제 선출 의원인 사회 저명인사나 군 출신 인사들은 의원직을 유지하기 위해 의회에 참석하고 성과를 만들기 위해 노력했지만, 화족 이상 칙임의원들은 열심히 활동하는 경우가 드물었다.

거기다 나는 명목상 황족과 같은 대우를 받고 있어 도죠 히데키가 나에게 관심을 끊은 이상 내가 등원을 하지 않아도 누구도 의문을 제기하지 않을 것이었다.

D-day인 1941년 11월 26일.

하루 종일 귀족원에 촉각을 곤두세운 상태로 지냈다.

전쟁동의안 정도 되는 사안은 어느 정도 기밀 유지를 해 일반인들은 알지 못하겠지만, 내 지위와 나와 친한 야스히토 친왕이나 중앙 정계와는 멀긴 해도 권력의 핵심인 궁내성에 소속되어 있는 하야카와 정도면 알 수 있을 것이다.

하야카와가 내 편은 아니지만 이 정도 큰일이 생기면 와서 알려 주는 게 보통이었다.

아침부터 서재에 비치되어 있는 책들 중에서 한 권을 뽑아와 읽으면서 시간을 보내고 있었다.

무슨 일이라도 하고 있어야지 긴장이 해소될 것 같아 평소에는 읽지도 않던 책을 읽기 시작했다.

많은 책 중에서 한 권이 눈에 띄어 가지고 왔는데, 이지훈일 때도 읽은 적 있는 책이어서 반가운 마음에 가지고 왔다.

프랑스어로 되어 있는 '고용 · 이자 및 화폐의 일반 이론'이었다.

경제학과 수업을 들으면서 거시경제를 공부할 때 가장 기본이 되었던 이론서였다.

케인즈를 거시 경제의 시초로 만들어 준 책이었다.

학생일 때 시험을 위해서 공부할 때는 정말 짜증 나는 책이었는데, 이곳에서 읽으니 그때 짜증과 스트레스가 지금에 와서는 향수鄕愁로 느껴졌다.

2년 가까이 배웠던 책이어서 대략적인 내용은 다 알고 있었지만, 프랑스어로 되어 있는 책을 다시 읽으니 시간 가는 줄 몰랐다.

귀족원의 공식적인 회의가 끝이 나는 오후 5시가 지났지만, 아무도 연락이 없었다.

불안한 마음에 하야카와를 불러서 물었으나 그도 특별한 연락을 받은 것이 없다고 했다.

내가 생각하고 있던 것이 잘못됐다는 생각이 들었으나, 하루만 더 기다려 보잔 생각으로 또다시 하루를 보냈다.

5장

어디서부터 달라진 것인지 고민을 했다.

지금까지 역사가 바뀐 것은 이우 공의 주변에 한정되어 있었다.

역사의 큰 물줄기는 바뀌는 경우가 없이 내가 관여한 부분에 한해서 조금씩 역사가 바뀌었는데, 선전포고를 하는 이런 중요한 부분에서 내가 어떤 부분을 관여한 것인지 고민했다.

역사가 바뀐 것은 내가 귀족원을 들어간 것뿐이었다. 내가 가서 안건에 대해 투표를 해 역사보다 빨리 통과가 되었다면 이야기가 다르겠지만, 원역사와 바뀐 것은 없었다.

아니면 내가 꿈에서 본 정보가 잘못되었을 수도 있다. 현실이라고 생각했던 것이 내 꿈속에서 있었던 일이고, 그 꿈은 내 머릿속에 있는 정보로 만들어졌다는 것을 생각하면 그 정보의 정확성에 의문이 갔다.

그렇게 생각해도 머리가 개운해지지 않았다.

무엇을 놓친 걸까?

11월 26일……. 11월 26일…….

새벽이 되고 2층 복도에 놓여 있는 괘종시계가 밤 12시를 알리는 종소리를 내기 시작하면서 11월 26일이 끝남을 알렸다.

꿈에서 봤던 11월 26일이 끝이 났다.

내가 무언가를 놓쳐, 아니 역사에 관여해서 역사가 바뀌었다.

정말 역사가 바뀐 걸까?

이 단어를 멍하니 떠올리고 있는데, 밖에서 울리고 있던 괘종시계의 종이 열두 번을 울리고 조용해졌다.

'시간? 시간……? 시차!'

내가 읽었던 역사서들은 우리나라에서 만들긴 했지만, 미국의 영향을 많이 받았다.

그렇다면 시간을 표기하는 것을 미국 기준으로 했을 수도 있다는 생각이 들어 침대에서 일어나 서재로 뛰어갔다.

"전하! 무슨 일이십니까?"

늦은 밤에는 식솔들도 모두 자고 있어야 하는데, 내가 아파서인지 방 앞에 식솔 중 여자 하인 한 명이 의자에 앉아 있다 내가 나오는 것을 보고 놀라서 일어났다.

"내 잠시 확인할 게 있어 서재에 가는 것이니 신경 쓰지 말게."

하인은 내 말에 잠시 당황하다 이내 알겠다는 듯 고개를 숙이고 자신의 자리에 서 있었다.

그런 그녀를 두고 서재로 들어가 벽 한쪽에 있는 세계지도로 눈을 가져갔다.

지도의 테두리에는 경도 15도마다 체크가 되어 있었고, 그 옆에 GMT라는 영어와 숫자 들이 보였다.

현대였다면 인터넷으로 검색 한 번 하는 것으로 알 수 있겠지만, 이곳에는 내가 직접 계산을 해야 했다.

동경 GMT +9, 워싱턴 D.C. GMT −4

서재 책상에 있는 메모지를 가져와서 적었다.

시차가 13시간임을 확인하고 계산하니 아직 미국은 11월 26일 낮 11시였다.

여긴 지났어도 아직 그곳은 26일이었다.

협상이 결렬된 시간이 26일이었으니 아직 시간이 남아 있었다.

일단 일말의 가능성을 찾았으니 내일 오전까지 기다려 보고 그 이후에도 일이 생기지 않으면 다른 방법으로 확인하기로 하고 다시 방으로 와서 잠이 들었다.

❧

아침에 되자 내 잠을 깨우러 온 것은 시월이가 아닌 하야카와였다.

"전하, 급한 일이 있어서 실례를 무릅쓰고 깨웠습니다."

"무슨 일인가?"

잘 떠지지 않는 눈을 떠 몇 시인가 보니 새벽 6시가 조금 넘은 시간이었다.

창문을 통해 보이는 밖은 이제 막 어슴푸레하게 해가 뜨기 직전이었다.

"귀족원에서 연락이 왔는데, 긴급 본회의가 열린다고 전갈이 왔습니다. 여기 있습니다."

하야카와가 건네준 편지는 일본 정부의 상징인 기리몬桐紋 중 고시치노키리五七桐라고 불리는 일본 국회의 상징이 찍힌 밀랍으로 봉해져 있었다.

"몇 시에 열린다고 하던가?"

봉인이 되어 있는 밀랍을 뜯고 내용을 살피면서 하야카와에게 물었다.

"본회의는 오전 7시 30분에 진행된다고 들었습니다, 전하."

하야카와의 말을 들으면서 편지를 확인하니, 내 예상이 맞았다.

아메리카 워싱턴 현지 시간 11월 26일 오후 2시 30분(일본 제국 시간 11월 27일 새벽 3시 30분).

주미 일본 대사 노무라 기치사부로와 아메리카 국무장관 코델 헐과의 최종 협상 결렬.

발의된 전쟁동의안에 대한 긴급 본회의 표결이 진행될 예정. 필히 참석 요망.

종이를 다 읽고 다시 접어 편지 봉투에 넣어 하야카와에게 건넸다.

"이걸 규정대로 처리하게."

하야카와는 내가 건네준 종이를 접어 방 안에 난방을 위해 피워져 있던 난로에다가 집어넣었다.

비문은 확인 후 태우는 게 일본의 기밀 관리 규정이었다.

"차량을 준비하도록 하겠습니다, 전하."

하야카와는 종이를 다 태우고 나서 내게로 와 말했다.

"차를 왜 준비하는가?"

"본회의에 참서하시지 않습니까?"

"이런 몸으로 어딜 간다는 건가? 난 쉴 테니 나가 보도록 하게."

이때까지 참석하지 않은 노력을 이번에 참석해서 날릴 생각은 전혀 없었기에, 조금은 당황하는 하야카와를 내보냈다.

하야카와는 내가 이때까지 본회의 전혀 참석하지는 않았

지만, 이번에는 긴급으로 온 전갈이 있었고 사안이 급박하고 중요해 보여서 내가 참석할 것이라 생각했었던 걸로 짐작됐다.

하야카와가 나가고 나서 언제쯤 조선으로 돌아가면 가장 조용히 갈 수 있을지 고민하기 시작했다.

모든 이목이 쏠릴 순간 그때가 가장 적합한데, 그게 지금일지 아니면 진주만을 공습하는 그 당일일지 고민했다.

그리고 오늘부터 이제 세끼 미음을 다 먹기로 했다.

내가 원하는 결과는 나와 더 이상 단식을 할 이유가 없었다.

그렇다고 바로 밥을 먹기에는 이미 굶었던 기간이 있었고, 또 전쟁이 결정되자마자 내가 병에서 쾌차하면 의심의 눈길을 받을 수 있어 경성으로 돌아갈 때까지는 미음만 먹을 생각을 했다.

하루 종일 일본 정가는 조용했다. 라디오에서도 아직 기밀로 관리되어 있어서인지 특별한 징후는 없었다.

새벽 7시 30분에 본회의가 진행되었으면 적어도 8시에는 투표가 이루어져 결과가 나왔을 텐데, 하루 종일 어느 곳에서도 곧 미국과의 전쟁이 일어난다는 느낌은 들지 않았다.

내가 귀족원 소속이 아니고 공족 위를 가지고 있는 화족이 아니었으면, 나 역시 진주만 공습 당일까지 몰랐을 가능성이 높았다.

나의 동경 별저 역시 평소와 똑같은 하루를 지냈다. 특별히 바뀐 거 없이 시월이가 음식을 가지고 들어오고 하루 종일 방에서 누웠다 앉았다 하면서 서재에서 가지고 온 책을 읽으면서 시간을 보냈다.

물론 아침을 먹기 전에 편지를 써 아침을 가지고 들어온 시월이에게 제국익문사로 보내는 편지를 넘겨준 것은 조금 달랐으나, 이는 나와 시월이를 제외하곤 아무도 모르는 일이었다.

미국과의 전쟁 발발, 12월 7일 선전포고 예정. 미국 윤홍섭에게도 타전 요망.

일본과의 관계가 점점 파국을 향해서 치달으면서 순정효황후의 오리버니인 윤홍섭을 통해서 미국에 출판한 책 '일본의 제국주의와 그 실체'가 베스트셀러가 되어 윤홍섭은 이제 미국 워싱턴 정가에서 일본통으로 어느 정도 인지도를 쌓고 있었다.

그래서 그에게 전쟁 발발에 대해 귀띔하면 그의 입지가 올라갈 것으로 예상해서 정보를 주기로 했다.

하지만 정확한 정보는 주지 않았다. 혹시라도 진주만 공습이 이미 알려져 실패하면 미국 내에서 일본과의 전쟁에 국민적 동의를 얻기 힘들까 해서였다.

미국이 전격적으로 태평양전쟁을 시작하는 이유는 진주만 공습을 받고, 국민적인 분노가 일었기 때문이었다.

미국에는 아직도 반전운동을 하는 사람이 많았고, 유럽의 전쟁에 적극적으로 참여를 못 하는 이유도 거기에 있었다.

미국 국민들은 대공황을 벗어난 지 얼마 되지 않아 지금 자국의 전쟁도 아닌 타국의 전쟁에 자신들의 세금을 사용하는 것을 좋아할 리가 없었다.

현재 미국 국민들의 여론은 미군의 직접적인 참전에 대해서는 굉장히 부정적이었다.

물론 1년 전에 무기대여법(Lend-Lease)에 프랭클린 루스벨트 대통령이 사인했고, 올 3월부터 법안이 발효되기 시작해 실질적으로 미국이 유럽의 제2차 세계대전에 관여를 하고 있었다. 하지만 미군이 직접 참전을 하는 것과는 전혀 달랐다.

그런데 만약 진주만 공습을 미리 알아차려서 일본이 실패하면 미국이 제2차 세계대전에 참여를 하지 않을 수도 있었다.

그러면 지금까지 미국의 참전을 전제로 준비했던 모든 포석들이 제대로 발휘될 수가 없었다.

진주만에서 죽어 나갈 미국의 군인들에게는 미안했으나,

전후 한국이 한반도에 대해 자주권을 주장하고, 전후 처리에 제대로 된 목소리를 낼 수 있는 토대를 만들기 위해서는 어쩔 수 없는 선택이었다.

전쟁동의안이 통과되고 10일 지나갔다.

12월 7일 일요일 동경 시내의 풍경은 평소와 다르지 않게 활기차게 움직이고 있었다.

미국과의 전쟁을 시작하기로 했다는 것과는 상반되게 시내에 장사를 하는 상인들과 식당들은 평소와 똑같이 문을 열고 장사를 했고, 그 사이를 오가는 군중 역시 일요일의 기쁨과 함께 웃음꽃을 피웠다.

중일전쟁과 미국의 무역 단절의 여파로 이전보다 물가가 약간 올라가긴 했지만, 도시에 사는 국민들의 생활까지 심각하게 영향이 오지는 않았다.

하지만 이미 경제에 영향을 미치기 시작했다는 걸 조금만 자세히 들여다보면 알 수 있었다.

좋은 옷을 입고 오가는 사람들 사이로 허름한 옷을 입고 구걸을 하거나 쓰레기를 뒤지고 있는 사람들이 심심치 않게 눈에 띄었다.

그리고 농촌에서 먹고살지 못해 무작정 걸어 도시로 향하는 사람들의 무리와 그 사람들이 도시 외곽에 모여서 사는 판자촌의 모습을 일본 전국의 군수공장이 있는 도시에서 쉽게 볼 수 있었다.

이미 대동아공영이란 깃발 아래 오랫동안 지속된 전쟁과 군부가 정권을 잡으면서 주도된 군국주의로 인해 경제 정책이 실종되었다. 그래서 경제 자체가 많이 피폐해지고 빈부격차가 점점 커지고 있었다.

나라를 지탱하는 중산층은 몰락한 지 오래였다.

그런 내부의 부조리와는 다르게 동경역으로 이동하면서 차창으로 보이는 긴자 거리의 모습은 평소와 똑같았고 행복한 표정의 사람들이 걸어 다녔다.

경성으로 출발하기 전 황거에서 일왕을 만나 요양을 떠남을 알리고 인사를 한 뒤 바로 동경역으로 향했다.

미국과의 전쟁동의안은 통과되었지만, 정확히 언제 선전포고를 하고 전쟁을 하는지에 대해서는 군 수뇌부와 정부 고위 공직자 중에서 일부만 알고 있었다.

나는 양쪽 모두에 해당하지 않아 정확한 날짜를 모르고 있어야 한다.

하지만 꿈에서 얻은 정보와 진주만 영화를 보면서 들은 '몰라, 오늘은 일요일이야…….'라는 대사로 유추했을 때, 첫 주 주말인 7일임을 확신했다.

그것도 미국을 기준으로 7일이었으니 일본 시간으로는 8

일 새벽이었다.

그래서 일본 정부의 모든 이목이 전쟁으로 쏠려 있는 7일에 조용히 동경을 벗어나기로 했다.

야스히토 친왕도 내가 요양 가는 걸 알고는 조용히 동경 별저를 방문해 나를 위로했다.

귀족원 칙임을 위해 동경으로 올 때 보고 나서 못 봐서인지 많이 말라 있는 나를 보곤 조금 놀란 것 같았다.

그는 귀족원이 나에게 주는 중압감이 심하다고 생각했는지 마지막에는 안쓰러운 눈빛으로 나를 보다 돌아갔다.

동경역을 통해서 기차를 타고 경성으로 가기 위해 시모노세키행 침대 열차에 올라탔다.

동경제국대학의 요한 의학박사가 도움을 너무 많이 주었다. 그가 진단서에 장기간 요양이 필요하다는 의견까지 적어준 덕분에 동경에 있던 모든 재산을 처분할 명분까지 얻어 운현궁 동경 별저를 영친왕 이은에게 좋은 가격에 처분했던 것이다.

그리고 웬만한 짐은 하야카와가 남아 동경의 하인들과 정리해 배편으로 경성으로 가지고 오기로 했다.

내가 군인이었거나 일본에 영친왕 이은이 없었다면 내가 조선으로 가는 것에 제약이 많았겠으나, 도죠 히데키가 나를 써먹으려다 오히려 나에게 자유를 준 꼴이 되었다.

기본적으로 귀족원의 의원들에 대해서는 일본 안에서라면

어디서든 거주의 자유가 주어지고, 여행의 자유도 주어져 내가 조선으로 가는 것을 막을 명분은 없었다.

내가 떠난다는 걸 알게 된 일왕이 오늘 경성으로 떠남을 알리러 인사를 하러 갔을 때 내 몰골을 보곤 황족이 사용하는 열차 한 량을 경성까지 가는 정기 열차에 연결해 나 혼자 쓸 수 있게 배려해 주었다.

일개 공족에게는 굉장히 이례적인 배려였다.

경성에서 일본으로 올 때는 총리인 도죠 히데키가 특별열차를 편성했었는데, 그건 열차 하나를 새로 편성해 이례적이긴 했으나 고위 귀족이나 고위 군 장성이 필요하다면 요청해서 쓸 수 있는 수준이었다.

하지만 황족 전용열차는 한 량이긴 했지만, 특별 편성 열차와 차원이 달랐다.

처음엔 약간 의아했으나 야스히토 친왕이 나의 칙임에 대해서 반대했을 때 일왕이 도죠 히데키의 요청을 받아들인 것에 대한 죄책감을 가지는 것 같았다.

수많은 전선과 식민 지배를 하고 있는 지역에서 매일같이 수백, 수천, 많게는 수만의 사람이 죽어 가는 책임의 정점에 서 있는 사람이 겨우 이런 일로 죄책감을 가진다는 게 웃겼다.

아마 자신의 눈으로 직접 몇 주 사이에 초라하게 말라 볼품없어진 내 몸을 봤고, 또 내 몸이 정신적 피로 때문이란 의사의 진단까지 있어 죄책감을 느낀 것 같았다.

혹시 도죠 히데키가 내가 가지 못하도록 막아선다면 그의 정적인 고노에를 포함해 내가 움직일 수 있는 사람을 전부 동원해서 경성으로 가려고 했는데, 일왕이 황가의 기차까지 내준 상황이라 일개 총리가 막을 것 같지는 않았다.

아니, 지금 그는 미국과의 전쟁에 모든 신경을 쏟고 있어 나에 대해선 까마득히 잊고 있을 수도 있었다.

동경역에 도착하자 궁내성에서 나온 사람과 동경역장이 나를 배웅하기 위해 기다리고 있었다.

그들을 따라가니 천황가의 문양이 금으로 장식되어 있는 화려한 기차가 나를 기다리고 있었다.

그들의 배웅을 뒤로하고 열차에 올랐다.

나를 수행하고 있는 사람은 시월이와 배중손, 그리고 하야카와를 대신해 나의 감시를 위해 궁내성에서 파견 나온 시종 한 명이 전부였다.

내가 탄 칸에는 시월이만 남고 나머지 두 명은 황족 열차 바로 옆 1등석 칸에 탔다.

"무료하니 라디오라도 듣게 가지고 오거라."

휴대용 라디오를 가지고 오지 않은 것을 알고 있었으나,

자리에 앉자마자 엉덩이에서 이질감이 느껴져 혼자 확인을 위해 시월이에게 이야기를 했다.

"지금 가지고 있는 것은 없사옵니다. 궁내성 직원에게 이야기해 구할 수 있는지 확인하겠사옵니다."

시월이는 내 말을 듣고 급히 1등석 칸으로 갔다.

시월이가 나가고 나서 자리에서 일어나 확인하니 작인 밀랍으로 봉해져 있는 편지 봉투 하나가 나왔다.

밀랍에는 고노에 가문의 문장인 고노에 모란近衛牡丹이 찍혀 있었다.

밀랍을 뜯어서 안쪽을 확인하니 국화와 일본도가 그려져 있었다. 꽃대와 칼자루가 같은 방향으로 놓여 있는 그림이었다.

-사무라이들이 쓰던 몇 가지 그림 중에 네가 봤던 국화의 대를 칼로 자른 경고문 말고도 여러 가지가 있는데, 대표적인 것 중에 하나 국화꽃과 칼을 나란히 놔두는 거지. 칼과 국화가 평행으로 놓여 있으면 우린 동맹 관계라는 걸 말하는 거야. 거기서 중요한 게 칼자루가 어디로 향하는가인데…… 꽃과 칼자루가 같은 방향으로 놓여 있으면 조심하지 않으면 언제든 내가 칼을 휘둘러 너를 친다는 뜻이고, 꽃대와 칼자루가 같은 방향으로 있으면 칼자루는 너에게 주었으니 네가 나를 치지 않으면 너와의 동맹은 유지된다는 뜻이야. 그 외

에도…….

처음 사카모토 신타로를 숲에서 만났을 때 받았던 종이를 보고 헤이안 시대의 사무라이들이 쓰던 표식에 대해서 설명했던 히로무의 말이 떠올랐다.

적의 적은 아군이라고, 이번 전쟁동의안에 대해 내가 취한 입장이 고노에로서는 만족스러웠던 걸로 해석됐다.

내가 그의 이익을 위해서 한 행동은 아니었지만, 또 전쟁이 발발하는 것을 막지는 못했지만, 최소한 동의는 하지 않아 히데키의 졸개가 아니란 것을 증명했다.

내가 원했던 건 아니지만 이때까지 한 번도 고노에의 뜻과는 대립한 적이 없게 되었다. 그래서 최소한 나에 대해 호감을 느끼진 않아도 적은 아니라고 판단한 것으로 느껴졌다.

물론 그렇다고 내가 그에게 칼을 휘두를 수 있거나 진짜 동맹이 되었다고 순진하게 믿지는 않았다.

종이를 처리하기 위해 자리에서 일어나 방 안에 놓여 있는 기름등에 불을 붙이고, 재떨이 위에 올려놨다.

재떨이에 올려진 종이는 얼마 시간이 지나지 않아 재로 변했다.

"전하, 지금은 기차에 실려 있는 게 없어, 궁내성에 요청했습니다. 기관수機關手와 협의해 요코하마에서 싣기로 했습니다."

시월이를 잠시 내보내기 위해서 없는 라디오를 찾았던 것이기에 고개를 끄덕였다.

"알겠다. 너도 쉬어라."

시월이가 열차 한쪽에 마련되어 있는 시종을 위한 작은 방으로 가자 밖이 잘 보이는 열차의 창가에 앉았다.

도카이도본선東海道本線이라고 불리는, 동경에서 오사카로 가는 열차의 첫 노선을 달리자 창문 너머로 동경만이 한눈에 들어왔다.

열차가 달려가다 주택가를 벗어나고 30분 정도 되었을 때, 기차가 기적을 여러 번 울렸다.

증기기관이긴 해도 평소에는 출발하고 나서는 도착할 때까지 잘 울리는 경우가 없었는데 울려서 무슨 일인가 궁금해 창문을 바라보았다.

그러고 있으니 추수가 끝나고 겨울을 준비하는 멘송멘송한 농지가 보이다 갑자기 수백 명 정도로 보이는 사람의 무리가 양쪽으로 스쳐 지나갔다.

일본 경제가 내부로 무너지기 시작한 증거 중에 하나인 농촌 공동화였다.

농촌에서 걸어서 도시로 향한다는 말을 들어 보기는 했으나, 실제로 본 건 처음이었다.

들었던 그대로 기찻길을 이정표 삼아서 동경으로 향해 걷고 있는 사람들이었다.

상승한 물가로 인해 농촌에서 농사를 지어 버는 돈으로는 식구를 먹여 살리지 못해 도시를 향해서 무작정 가는 사람들을 그 뒤로도 기차를 타고 가면서 몇 번이나 더 만났다.

한 달 정도 전 귀족원 칙임을 위해 경성으로 올 땐 내 머리가 복잡해서 못 봤던 것들이다. 지금은 마음이 편해져 주변의 상황이 보였다.

경제학도의 입장에서 이제 미국과의 전쟁까지 시작되면 처음 몇 달은 전쟁의 효과와 동남에서 차지하는 식민지에서 착취하는 효과로 경제가 돌아갈지는 모르겠으나, 머지않아 내부로부터 무너져 내릴 것이 뻔해 보였다.

지금 정부에는 경제에 대해 알고 있는 관료가 없는 것인지, 뻔히 보이는 지금의 상황에 대해 아무런 대책도 없이 전쟁을 하고 있었다.

애초에 군부 정권인 지금 정부에 제대로 된 경제정책을 기대하는 게 바보였다.

아니, 어쩌면 도죠 히데키는 경제정책을 나름 준비하고 있을 수도 있다.

1차 대전 이후 1929년에 대공황이 왔을 때 전 세계가 대응하는 방식에서 차이가 있었다.

미국은 그 유명한 뉴딜정책을, 영국과 프랑스는 블록 경제(높은 관세를 부과해 본국과 식민지를 차별)로 자국을 보호했고, 현 추축국 3국은 대외 침략으로 경제 위기를 극복했었다.

그래서 이번에도 자국 내 경제문제와 전략물자 부족을 인도차이나반도와 말레이제도를 점령함으로써 한 번에 해결해 경제정책과 식민지정책을 통합해 가려는 것일 수도 있었다.

그렇다면 이건 최악의 악수였다.

반면에 나로선 최고의 수가 되었다. 물론 그 최고의 수를 내가 감당할 수 있을 때에야 최고의 수가 되는 것이지만, 지금까지는 나쁘지 않았다.

일본을 두려워하는 이은이나 친일파에게는 이 현실이 제대로 눈에 안 보여 일본을 무서워하고 있었지만, 이미 일본 사회 곳곳에서 붕괴의 조짐이 보였다.

앞으로 내가 할 일은 그 붕괴의 조짐들을 한데 모아 역사보다 빠르게, 또 한 번에 크게 무너져 내리게 만드는 일이었다.

화려한 집을 짓기 위해 벽돌을 쌓아 올리고 장식을 하는 데에는 수년에서 수십 년이 걸리지만, 그 집을 무너뜨리는 건 쉽다. 무게중심을 받치고 있는 벽돌 몇 개를 부숴 버리는 것만으로도 허무하게 무너져 내릴 것이다.

황가의 기차답게 열차 한쪽 방에는 화려한 장식이 되어 있는 침대 방이 있었다.

방의 크기는 그리 크지 않았지만 침대의 안락함은 동경에서 사용하던 것과 별반 다르지 않을 정도로 잘 준비되어 있었다.

흔들리는 기차에서 잠이 잘 오지는 않았으나, 한 달 가까이 지속된 금식과 절식 때문에 몸에 많은 무리가 와 있는 상황이라 휴식을 위해 어떻게든 잠을 자 보려고 노력했다.

방 밖에는 요코하마역에서 열차에 실은 라디오가 있었는데, 일본 방송 협회(NHK)의 나고야 방송이 켜져 있었다.

새벽녘까지 잠들지 못하다 겨우 선잠이 들었다. 라디오에서 들리는 아나운서의 목소리에 잠에서 깼다.

쓸데없는 말이었다면 다시 잠을 자기 위해 노력했겠지만, 지금 방송에 들리는 말은 내가 기다리고 듣고 싶어 하던 말이라 침대에서 일어나 밖으로 나갔다.

시월이는 아직 잠들어 있는 것인지 열차에는 아무도 없었다. 그래서 문을 열고 뒤쪽 1등석으로 가니 배중손이 입구 바로 옆에 앉아 있었다.

그에게 커피 한 잔을 부탁하고 다시 자리로 돌아와 라디오에서 반복해서 말하고 있는 아나운서의 목소리를 들었다.

-임시뉴스를 알려 드립니다. 임시뉴스를 알려 드립니다. 대본영 육해군부 12월 8일 오전 6시 발표. 제국 육해군은 금일 8일 미명未明에 서태평양에서 아메리카군, 이기리스(영국)군과 전투 상태에 들어감. 제국 해군은 하와이 방면의 미 함대 및 항공 병력에 대하여 결사의 대공습을 감행한 한편, 싱가폴도 대폭격하였습니다.

–임시뉴스를 알려 드립니다. 임시뉴스를 알려 드립니다. 대본영 육해군부 12월 8일 오전 6시 발표. 제국 육해군은 금일 8일 미명未明에 서태평양에서 아메리카군, 이기리스(영국)군과 전투 상태에 들어감. 제국 해군은 하와이 방면의 미 함대 및 항공 병력에 대하여 결사의 대공습을 감행한 한편, 싱가폴도 대폭격하였습니다.

라디오에서는 아나운서의 말을 녹음해서 트는 것인지 같은 말을 반복해서 방송하고 있었다.

시계를 보니 6시 10분을 가리키고 있었는데, 이미 10분 가까이 같은 내용을 방송으로 내보내고 있는 것 같았다.

그 방송은 배중손이 커피를 가지고 올 때까지도 계속되었다.

"전하, 미국과 전쟁을 하는 것입니까?"

라디오 소리에 놀란 배중손이 커피를 내려놓고 내게 물었다.

그래서 고개를 끄덕이는 것으로 대답을 대신 하곤 집게손가락을 내 입으로 가져가 더는 말을 못 하게 막았다.

황가의 기차이고 지금 기차 칸에는 나와 배중손 두 명뿐이었지만, 어디선가 지켜보고 있는 눈과 귀가 있을지도 혹시 몰랐다.

정보 요원답게 자신이 무엇을 실수했는지 알아채곤 고개를 숙여 내게 인사한 후 자신의 칸으로 돌아갔다.

그 이후 방송에서 나오던 아나운서의 목소리가 바뀌고 새벽 뉴스가 바로 진행되었다.

가장 큰 뉴스는 진주만 폭격이었다.

일본이 파멸로 향하는 거대한 톱니바퀴가 돌아가기 시작했다.

잠자는 사자를 건드려 깨우는 것으로, 가장 중요한 톱니바퀴를 자신의 손으로 직접 파멸을 향한 기계에 끼워 넣었다.

커피를 마시면서 창문 밖을 보니 세상을 붉은색으로 물들이며 태양이 떠올랐다.

진주만을 공습하고 있는 일본 해군 항공모함에서 일본 제국 승전으로 기쁨에 찬 수병의 무전이 내 귓가까지 들리는 것 같았다.

-토라トラ! 토라トラ! 토라トラ!

6장

“바로 운현궁으로 갈 것이다. 자네는 어떻게 하겠는가?”

“소인이 굳이 이왕직에 예방禮訪할 이유는 없사옵니다. 전하를 모시고 가겠습니다, 전하.”

경성에 도착해 하야카와를 대신해 온 직원에게 묻자, 웃으면서 대답했다.

내가 온다는 연락을 받은 운현궁에서 마중 나온 차량이 있었다.

궁내성에 조용히 귀국하고 싶다고 전해서인지 운현궁에서 온 사람들을 제외하면 아무도 없었다.

병환으로 귀국하는 것이라 혹시라도 매일신보의 기자가 와서 취재해 불치병에 걸린 왕자라는 타이틀로 기사라도 나가는 날에는 한인 사이에 내 위상이 나빠질 수도 있었다.

왕실에서 유일하게 대중적으로 인기와 지지를 받는 나인데 그 지지가 줄어든다면 앞으로의 행동에 악영향이었다.

총독부를 통해 소문이 나가긴 하겠지만, 소문과 신문에 기사가 실리는 건 차원이 달랐다.

한 달 만에 운현궁으로 돌아오자 어느덧 고향 집으로 온 것 같은 푸근함까지 느껴질 정도로 기분이 좋았다.

찬주는 수련이를 품에 안고 있었고, 아들인 이청은 유모의 손을 잡고 나와 있었다.

이전에 하인들과 경호 병력까지 집결해 나를 기다리고 있던 것과는 조금 달랐지만 신경 쓰지는 않았다.

"오라버니, 고생하셨어요."

긴말은 아니었지만, 찬주는 내 얼굴과 긴 외투 사이로 보이는 팔의 살이 빠진 걸 보며 연민과 함께 복잡한 감정이 생긴 것 같았다.

이청도 평소와는 분위기가 다른 것을 느꼈는지, 아니면 나와 경성을 떠날 때 했던 약속 때문인지 의젓하게 말했다.

"아버지, 잘 다녀오셨어요?"

"그래~. 아버지가 없는 동안 집안은 잘 지키고 있었어?"

"네! 어머니를 도와서 열심히 지켰어요!"

기운차게 대답하는 청이가 귀여워 머릴 쓰다듬어 주니, 옆에 있던 찬주가 놀리듯 말했다.

"매일 놀기만 한 건 아니고?"

"아니에요! ……쬐끔 놀기는 했지만……."

청이는 부정을 하다 자신이 없어진 건지 작은 목소리로 말을 이었다.

"우리 공주님도 잘 지냈어요?"

찬주의 품에 안겨 있던 수련이에게 얼굴을 내밀면서 말하자, 한 달 만에 보는 아빠의 얼굴이 달라져서 이상한지 찬주의 품속으로 얼굴을 돌려 숨겼다.

나와 찬주는 어색한 웃음을 지으며 이로당으로 이동했다.

운현궁에선 비밀 활동들을 위해 이로당과 노락당으로 구분해 따로 생활을 하였으나, 지금 내 몸이 정상적인 상태가 아니었기에 찬주에게 의지할 수 있는 안채로 이동했다.

저녁이 되자 수련이도 내가 익숙해진 것인지 나에게 기어와서 안겼다.

태어났을 때 만지면 부서질 것 같은 아이였는데, 어느새 자라서 기어 다니고 있었다.

한 달 정도 못 본 사이에 키도 조금 더 크고, 옹알이도 더욱 또렷해져 찬주보고는 엄마에 가까운 발음을 내고 있었다.

그래 봐야 '어마' 수준이었다.

아빠라는 말을 듣고 싶어 '아빠' 해 보라고 여러 번 했으나, 수련이는 할 생각이 없다는 듯 '어바바바'라고 하며 손을 저었다.

과연 손을 휘젓는 게 거절을 뜻하는 것인지 확신할 수는 없었으나, 아빠라고 한 번도 해 주지 않는 수련이에게 좌절할 수밖에 없었다.

"오라버니, 수련이 걷는 건 아직 못 보셨죠?"

찬주는 저녁을 먹다 생각났는지 내게 말했다.

"응? 벌써 걸어?"

일본으로 떠날 때에는 아기 침대의 난간을 잡고 일어났지 아직 다리를 뗄 생각도 하지 못했었다.

그래서 신기해서 물어보니 찬주는 자신의 품속에서 모유를 다 먹고, 이제 막 트림을 한 수련이를 바닥에 내려놓았다.

"수련이, 아빠한테 걸음마 보여 드리자. 영차!"

찬주는 수련이가 바닥에 앉자 양손을 잡고는 위로 살짝 힘을 주었다.

그 신호에 맞춰 수련이도 엄마의 손에 힘을 주면서 자리에서 일어났다.

아이가 일어나는 건 일본으로 가기 전에도 봤던 장면이라 놀라지 않았는데, 바로 그 후 엄마의 손에 이끌려 조금씩 한 발 한 발 앞으로 걸었다.

아직 엄마의 손에 기대어서 걸었으나, 이 정도만 해도 장족의 발전이었다.

"이리 와."

내 쪽으로 걸어오는 수련이에게 양팔을 벌려 호응해 주니 내가 경성으로 돌아오고 나서 처음으로 내게 웃음을 지으면서 활기차게 다가왔다.

수저를 내려놓고 찬주에게서 한 손 한 손 수련이의 손을 넘겨받아 내게 완전히 다가올 때까지 걸을 수 있게 했다.

"아바바."

내게 안겨 오면서 아빠라고 말을 했다. 그 말을 듣는 순간, 가슴이 찡해지면서 콧잔등이 시큰해져 아이를 안아 주었다.

"들었지! 아빠라고 한 거!"

"후훗, 아바바였어요."

내가 들은 아빠라는 단어를 찬주는 다르게 들은 듯 웃으면 말했다.

"아냐! 분명 아빠라고 했다고. 수련아, 아빠 해 봐, 아빠."

"헤헤헤."

믿지 않는 찬주에게 보여 주기 위해 다시 한 번 시도했으나, 수련이는 내 얼굴을 만지면서 웃음 지을 뿐이었다.

수련이의 웃음과 체온을 느끼고 있자 이 아이의 웃음이 계속될 수 있도록 노력해야겠다는 생각이 온 머리를 지배했다.

잠을 자기 위해 침실로 들어가니 찬주가 품속에서 작은 서찰 하나를 꺼내어 내게 주었다.

"요시나리 히로무 대위가 일본으로 떠나면서 준 서찰이에요."

"일본으로 떠났다고?"

한 달간 거의 신경을 쓰지 못했는데, 그사이 일이 벌어진 것 같았다.

"네, 오라버니 오신다고 연락받고 얼마 안 되어서 다녀가셨어요."

"혹시 나 떠나고 나서 무슨 일 있었어?"

야스히토 친왕이 이미 경성에서는 움직임이 있었을 거라고 경고했던 말이 떠올라 찬주에게 물었다.

"사실……. 오라버니 떠나시고 나서, 운현궁을 나가지 못했어요. 총독이나 이왕직 장관이라도 만나서 이야기해 보려 했는데, 나갈 수도 없고 방문해 주길 요청해도…… 묵묵부답이었어요. 그래서 사실 오라버니가 못 돌아오실 수도 있겠다고 생각이 들어 너무 무서웠어요……."

찬주는 이야기하면서 지난 한 달이 떠오른 것인지 감정이 복받쳐 오르면서 결국 눈물이 눈에서 툭 하고 떨어졌다.

그래도 눈물은 흘리지만 말은 또박또박 정확하게 했다.

"미안해……."

찬주를 품에 안고 진정시켰다.

어느 정도 시간이 지나자 조금 진정이 되었다.

"이제 괜찮아? 눈이 빨개져서 어떡해. 청이가 보면 웃겠다."

찬주의 표정이 왠지 놀려 주고 싶어 웃으면서 장난치듯 말했다.

"치……. 오라버니 때문이잖아요."

"미안해. 이제…… 이제 괜찮아."

"오라버니, 그리고 히로무 대위가 몸이 불편해 보였어요. 걷는 것도 자연스럽지 않았고, 얼굴에도 상처가 상당히 많았어요. 그래서 안에 들렀다 쉬고 가시라고 했더니, 바쁘시다고 인사만 하기 위해 왔다고 하셨어요. 그러곤 악수하시는 척하면서 편지만 주고 가셨어요."

찬주의 말을 들으니 가슴이 덜컥 내려앉았다.

찬주야 귀족이고, 내 아내여서 심하게 못 하지만, 히로무에게는 많은 고문이 행해진 것으로 생각되었다.

히로무를 떠올리다 보니 손에 많은 힘이 들어가 주먹을 한참 동안 꽉 쥐고 있었다.

하지만 찬주에게까지 이런 마음을 넘겨줄 이유가 없어 차분한 목소리로 대답했다.

"히로무는 강한 녀석이니까 괜찮을 거야. 일단 자……. 내가 옆에 있으니 이제 괜찮아."

찬주의 기분이 어느 정도 나아진 것 같았지만 지금 일어나 편지를 확인하는 것보단 찬주에게 안정감을 주는 게 먼저라고 판단해 편지를 침대 옆의 협탁 서랍 안쪽에 숨겨 두곤 다시 찬주를 안아 주었다.

어느 정도 시간이 지나자 나를 끌어안고 있던 찬주의 손에서 힘이 빠졌다.

숨소리도 고르게 나는 걸 느끼고는 조심스럽게 찬주에게서 벗어났다.

살짝 뒤척이기는 했으나, 다행히 깨어나지는 않았다.

협탁에서 편지를 꺼내고 그 위에 놓여 있던 협탁 등을 잠들어 있는 찬주에게 방해가 되지 않도록 바닥에 내려놓고 켰다.

협탁 등의 불빛에 의존해 편지를 읽어 나갔다.

내 친우親友에게.

인사도 못 하고 떠나서 미안하다. 지금 육군명 급령으로 동경으로 귀환 명령이 내려왔어.

내게 변화가 생겼다는 건 네 신병에도 문제가 있었다는 거겠지. 그리고 풀려난 건 그 문제가 어느 정도 해결됐다는 거고.

내가 알고 있는 부분이 많지는 않지만 난 아무런 말도 하지 않았다. 통상적인 부분에 대해서만 대답했어.

그러니 너도 괜한 유도 질문에 넘어가지 마라.

그리고 내 마음의 준비에 비하면 고문이 약하더라 그러니 걱정하지 마.

앞으로 동경에서 어떻게 될지는 모르겠으나, 최대한 연락을 취하기 위해 노력해 볼게.

아마도 이게 마지막 편지일 것 같다. 끝까지 함께하지 못해 미안하다.

그리고 내게 미안해하지 마. 어차피 처음에 각오했던 것처럼 피로 쌓아 올려야 되는 일이다. 작은 일에 흔들리지 말고 앞으로 나아가라.

평소 타자기로 친 듯 한없이 정갈했던 히로무의 글씨와는 다르게 삐뚤빼뚤한 글씨였다.

글을 보는 것만으로 그의 상태가 절대 괜찮지 않음을 알 수 있었다.

찬주에게 오면서 어떻게든 숨기기 위해 노력했을 테지만 일반인인 찬주조차 알아챘다면 심각하다는 말이었다.

편지 위로 눈물이 한두 방울 떨어져 내렸다.

나는 내가 완벽하게 역사를 알고, 내가 노력하면 역사를 충분히 바꿀 수 있다고 생각했다.

몸으로는 현실이라고 느끼고 있었지만, 머릿속 한 곳에서는 게임을 하는 것처럼 가볍게 생각하고 있는지도 몰랐다.

누군가 다치거나 죽을 수도 있다고 생각했고, 마음에 준비가 완벽하게 되어 있다고 생각하고 있었는데, 현실로 다가오니 마음이 진정이 되지 않았다.

지금 히로무가 동경으로 돌아가는 것은 죽으러 가는 것과 진배없었다.

죽지 않더라도 나의 행동을 제약하는 인질이었기에 앞으로 내가 움직이기 시작하면 그의 목숨은 바람 앞의 촛불이었다.

그에 대한 고마움과 미안함이 마음을 가득 채웠다.

눈물이 떨어진 편지를 방에 놓여 있는 화로에 넣어서 태워 버렸다.

편지는 평소 종이를 태울 때보다 더욱 연기가 많이 났다. 매캐한 연기가 내 숨결 속으로 들어오자 지독하게 매워 기침이 났다.

히로무가 겪었을 고통과는 비교가 되지 않겠지만 연기를 통해 내게 괜찮다고 말하고 있었다.

머리로는 이미 내가 어떻게 행동해야 하는지 정했지만, 마음속에 계속해서 생기는 갈등은 어쩔 수 없었다.

하지만 히로무의 희생이 헛되지 않게 하기 위해 마음을 굳게 먹었다.

앞으로 얼마나 더 많은 사람의 피를 넣어야 목표를 이룰지 모른다. 히로무의 말처럼 이런 작은 일로 흔들리면 안 된다고 다짐했다.

하루가 멀다 하고 라디오에서는 일본의 전쟁에 대해서 떠

들어 대기 시작했다.

진주만을 폭격해 대승을 거뒀음을 알리고, 싱가포르와 인도차이나반도에서도 동시다발적으로 전쟁이 일어나 승전했음을 알렸다.

전쟁은 일본에게 유리하게 돌아가는 것처럼 보였다.

필리핀에서 주둔하고 있던 미군과 지휘관인 맥아더가 밀려드는 일본의 공세에 후퇴를 하다 결국 미국으로 철수해 동남아시아는 무주공산이 되었다.

영국과 프랑스는 이미 독일과의 전쟁으로 지원군을 보낼 수 없는 상태였고, 동남아의 식민지를 관리하기 위해 남아있는 영국과 프랑스군은 일본의 군세에 비하면 조족지혈이었다.

동아시아 전체가 전쟁에 휩쓸려 시끄러운 것이 반해 운현궁은 조용하기 그지없었다.

단식하면서 생겼던 환상은 음식을 제대로 섭취하고 영양을 보충하자 더 이상 보이지 않았다.

단식으로 인해 몸이 약해지자 정신도 같이 약해져 마음을 다잡지 못하면서 생긴 환상이었을 뿐이었고, 지금이 완벽한 현실임을 자각했다.

머릿속에서 나는 1940년대를 살아가는 이우임을 확신했고 미래의 나인 이지훈 역시 꿈이 아닌 내가 살아온 과거임을 받아들였다.

운현궁에 오고 나서 순정효황후가 있는 창덕궁 낙선재와 어머니들이 거주하고 있는 사동궁에 들러 인사한 것을 제외하곤 대외적으론 외출도 하지 않고 조용하게 지내고 있었다.

물론 밤늦은 시간 사람들의 이목을 피해 하는 외출은 가끔 하고 있었다.

오늘도 8시가 넘은 시각에 경호를 하고 있는 이목을 피해 지하 통로를 통해 밖으로 나와 여운형을 만나기 위해 이동했다.

조금 이른 시각이긴 했지만, 아무도 없는 새벽에 움직이는 것보단 아직 많은 사람들이 돌아다니는 시간이 사람 속으로 숨어들기 더 좋아 조금 이른 시간에 나갔다.

겨울이어서 다들 모자를 깊이 쓰고 옷깃을 올리거나 목도리를 둘러 내가 목도리로 얼굴을 살짝 가리고 다녀도 전혀 이상할 것이 없었다.

바쁘게 움직이는 사람들 사이로 스며들어 가 나도 바쁘게 걸음을 옮겨 지나가는 인력거 하나를 세워서 탔다.

"명치정 요정料亭, 화당化堂으로 가자."

"네이~. 얼른 모시겠습니다요~."

인력거꾼은 나를 보고 혼자서 요정를 찾는 이유를 뻔히 알고 있다는 듯 빙그레 웃음 짓고는 출발했다.

시간이 얼마 지나지 않아 기모노를 입고 진한 화장을 한 여자들이 거리에 보이기 시작했는데, 잠시 후 양쪽으로 요정

건물들이 늘어서 있는 길 중간쯤에 인력거가 섰다.

"도착했습니다~."

웃음 지으면서 말하는 인력거꾼에게 돈을 주고는 요정 안으로 들어갔다.

검은색 조끼에 붉은 나비넥타이를 맨 지배인이 웃으며 나와 나를 반겼다.

물론 그가 아는 얼굴은 아니고, 영업용 자세였다.

"어서 오십시오. 혼자 오셨습니까?"

"홍화紅化 있는가?"

지배인은 내가 홍화라는 말을 꺼내자 더 큰 웃음을 지으면서 말했다.

"지금 손님하고 있습니다. 먼저 방으로 안내를 하겠습니다."

"그런가? 그럼 기다리지. 방은 화무십일홍花無十日紅으로 주게. 비어 있지?"

내게서 화무십일홍이라는 말이 나오자 지배인의 표정이 바뀌면서 조용하게 내게 말했다.

"이쪽으로 가시지요."

지배인의 안내를 받아 건물의 복도로 들어갔다.

한참 들어가다 방의 문을 열고 들어가니 그곳에는 작은 방이 있었다.

그가 방 안에 놓여 있는 병풍 뒤로 가 나무 벽으로 보이는 한쪽에 손가락을 끼우고 옆으로 밀어 내니 벽처럼 보였던 것이 옆으로 살짝 밀려 나며 안으로 들어갈 수 있는 공간이 나타났다.

"이쪽으로 들어가시면 됩니다."

내가 안으로 들어가자 지배인은 밖에서 문을 닫아 버렸다.

안쪽에는 큰 병풍이 하나 놓여 있었고, 그 병풍 옆으로 지나가자 앞에 있던 방보다는 조금 더 큰 방이 하나 있었다.

그곳에는 이미 여운형이 앉아 있다 내가 들어오는 것을 보곤 자리에서 일어나 인사했다.

"어서 오십시오. 이런 누추한 곳으로 모시게 되어 송구합니다, 전하."

"아뇨, 이런 시기에 만나려면 어쩔 수 없는 일 아닙니까? 이곳도 몽양께서 운영하시는 곳입니까?"

몽양은 멋쩍은 웃음을 짓더니 조심스럽게 이야기했다.

"제가 직접 운영하는 곳은 아니고, 개관할 때에 자금을 조금 지원했습니다. 이곳의 실제 주인은 다른 분입니다."

"신뢰하시는 분인가 보네요."

비밀 접선 장소로 선정했다는 건 말이 새어 나가지 않을 것이란 믿음이 있다는 뜻이었다.

"일전의 회합會合 때 제가 요정을 운영하는 사람이라 소개했던 박윤희라는 친구입니다."

몽양의 설명에 혼마치의 술집 지하에서 소개받았던 인물

중에서 20대 중반 정도에 기품 있는 외모를 가진 여인 한 명이 떠올랐다.

"나이가 어려 보였는데, 이런 곳을 운영하고 있었습니까?"

당시는 워낙 많은 사람을 한 번에 소개받느라 의문을 느끼지 못했는데, 보통 요정의 마담이라고 하면 중년의 여성을 떠올린다. 그런데 20대의 젊은 여자가 마담이라고 하니 조금 의문이 들었다.

혹시 누군가의 첩이여서 실력과는 별개로 요정을 운영하고 있는 것인가 하는 생각도 들었다.

몽양은 그런 나의 표정에서 내가 무슨 생각을 하는지 알아챘는지 웃으면서 말했다.

"그녀는 20대 후반으로 기생 세계에서는 어린 나이가 아닙니다. 기생은 보통 10대에 교육을 받고 10대 후반부터 20대 초반까지가 가장 전성기입니다. 특히 윤희 양은 한성권번漢城券番의 일패기생一牌妓生 출신입니다. 경성뿐 아니라 진주와 개성, 평양을 통틀어도 한성권번의 일패기생은 상당히 높게 평가됩니다. 그리고 요정에서 일하는 기생은 총독부와 그곳에 붙어먹고 있는 민족 반역자들이 주 고객이라 많은 정보를 들을 수 있어, 정보를 수집하기에는 최적의 직업입니다. 제가 조선중앙일보를 운영하고 있을 때 정보를 수집해 줄 적당한 사람을 찾고 있었는데, 그때 일전에 보신 조선상인연합회

부회장인 박영규 사장의 소개로 알게 되었습니다. 사적으로는 박영규 사장의 조카가 되어 신뢰에 대해서는 걱정을 하지 않고 있습니다. 그래서 그녀가 한성권번을 나와 독립할 때 상인연합회 차원에서 조금 지원을 했습니다."

몽양은 밖에서 만나면 부드러워 평범한 옆집 아저씨처럼 보였는데, 뒤로는 많은 준비를 치밀하게 하고 있는 사람이었다.

특히 사람에 대해서는 신중을 기하는 편이었는데, 몽양이 신뢰하는 박영규 사장의 소개라면 충분히 신뢰할 수 있었다.

거기다 배신자 색출을 할 때에 그녀도 확인 대상에 들어 있었기에 그녀가 총독부의 끄나풀이라고는 생각지 않았다.

"이 정도 요정이면 상당히 많은 돈이 들어가셨을 텐데, 많은 준비를 하셨군요."

요정은 들어오면서 본 것만 한옥 건물이 세 채 이상이고, 뒤쪽으로 더 있을 것으로 생각되어 상당한 금액이 들어갔을 것 같았다.

"다 대한인을 위한 일이 아니겠습니까? 사실…… 가장 많은 돈은 미나미 지로의 주머니에서 나왔습니다."

몽양에게서 뜻밖의 이름이 나와 놀라 되물었다.

"총독요?"

"네, 한성권번 시절부터 박윤희에게 호감을 느끼고 있어 그녀의 치마폭 속에서 헤어 나오지 못하고 있습니다. 그를 이용해 허가를 받고 자금도 지원받아 설립했습니다. 지금도 별관에서 연회를 벌이고 있다고 하더군요."

박윤희의 대담한 방법에 감탄이 나왔다.

적의 돈과 힘으로 독립운동에 도움을 준다.

진정한 이이제의가 아닐까 생각이 들었다.

"엄청난 이이제이……군요."

"웬만한 사내는 비교도 되지 않을 정도로 대범한 여성입니다."

몽양의 눈빛에서 박윤희를 어느 정도 신뢰하고 있는지 알 수 있었다.

"총독이 여기 와 있다면 나갈 때 동선을 조심해야겠네요."

"미나미 지로가 출입하는 출입구는 다른 쪽이어서 걱정 안 하셔도 됩니다."

몽양은 내 말을 듣고는 빙그레 웃으며 대답하고 나서 이어서 말했다.

"사실 심우장에 대해서는 이야기가 좋지 않았습니다. 제가 개인적인 친분이 많지 않아 안재홍이란 친구를 통해서 접촉을 해 보려고 했는데 거절해 실패했습니다."

안재홍에 대해 잘 알지 못해 뭐라고 말하지는 못했다.

혹시 일제 부역자가 아닌가 하는 생각도 들었다.

모든 인물을 알지는 못하지만, 태평양전쟁이 일어나고 나서부터 지식인들의 변절이 본격적으로 시작되었다. 몽양이 접촉한 인물도 그런 지식인 중 한 명일지도 몰랐으나, 몽양이 그리 허술하게 모든 정보를 주면서 접촉했을 것 같지는 않아 신경 쓰지 않기로 했다.

"크게 신경 쓰지 마세요. 한 사람이라도 더 우리와 뜻을 같이하는 것도 중요하지만, 일의 은밀성도 중요하니까요. 다른 건 없나요?"

몽양에게 한반도 내에서의 일을 많이 맡겨 놓은 상태라 말을 특정하지 않고 물었다.

"일전에 전하께서 편지로 말하신 오구라 다케노스케에 대해서 알아보았는데, 현재 남선합동전기南鮮合同電気의 사장이었습니다. 역사학을 연구하는 친구에게 물으니 아귀餓鬼 같은 인물이라고 하삼도下三道(충청도, 경상도, 전라도)에서는 모르는 사람이 없고, 한반도의 고미술에 대한 것이라면 닥치는 대로 수집하는 걸로 유명하다고 들었습니다. 경술국치 이후에 이권 침탈이 본격화될 때 몰려들어 온 다른 일본인처럼 일본 생활을 모두 정리하고 대구로 와서 성공한 사람이라 일본에는 집이 없어, 유물이 일본으로 유출되거나 하지는 않은 걸로 보입니다."

몽양은 어디서 구했는지 오구라라고 추측되는, 반쯤 벗겨진 머리가 눈을 잡아끄는 남성의 사진 한 장을 내게 보여 주며 말했다.

"지금 당장은 그가 유출을 하지 않고 수집해서 잘 관리하고 있으니, 그대로 두는 게 좋을 것 같군요. 감시만 잘해 주세요."

지금은 한반도의 고유물을 보호할 방법이 없었다.

너무나도 전방위적으로 거래가 되고 일본으로 유출되고 있었는데, 오구라는 다행히도 자신이 사 모은 유물들을 나름 잘 관리하고, 대구의 자택에 전부 보관하고 있었다.

그가 유물을 모으는 것은 내버려 두고, 혹시 일본으로 반출하려는 움직임을 보이면 그때 막아 유물을 지키는 게 최선이라 판단했다.

"사람 몇을 붙여서 감시하겠습니다."

"좋습니다."

"그리고 미국과의 전쟁이 시작되고 나서 수탈이 더 심각해지고 있습니다. 경성에서는 아직 조용하나 지방 곳곳에서는 아기티만 벗으면 강제징집을 한다는 소문이 파다합니다."

1938년부터 중일전쟁을 위해 징집하고, 진주만 공습 이후 전선이 엄청나게 확장되면서 군인이 모자라니 대규모로 징집하는 건 어쩌면 당연했다.

"시간이 지나면 도시에서도 마구 징집을 하겠지요."

"징집도 큰 문제이지만 다른 문제도 있습니다. 취직을 시켜 준다는 핑계로 일본으로 데려가 노비보다 못한 대우를 하며 월급은커녕 탈출하지 못하게 한다는 핑계로 음식과 피복도 제대로 지급하지 않아, 한 공장에서 하루에 두세 명꼴로 죽어 나가고 있다고 합니다."

인터넷만 잠깐 봐도 알 수 있는 시대와 다르게 아직 정보 교류가 쉽지 않아 소문을 통해 이런 정보를 수집해 정확하게 파악하고 있는 경우가 많지 않았는데, 몽양은 일본에서의 한인 근로자가 어떻게 대우를 받는지 상세하게 알고 있었다.

"소문은 들었는데 많이 심각한가 보죠?"

"저도 사실은 소문만 들었지 실체는 파악하지 못했었는데, 며칠 전에 히로시마에서 탈출한 노동자가 찾아와 자신들이 어떤 경로로 가게 되었는지, 그곳에서 어떤 대우를 받았는지 전부 이야기해 주었습니다. 경성에서 숨어 있기에는 위험할 거 같아 제가 이천으로 보내 숨어 있게 했습니다."

"용케 경성까지 왔네요."

"사실 열 명이서 탈출해 도착한 사람은 두 명뿐이라고 들었습니다. 나머지 여덟 명은 붙잡히거나 탈출 도중 총에 맞아 죽었다고 하더군요. 이건 제가 정리한 서류입니다."

몽양은 씁쓸하게 웃으면서 열 장 남짓한 종이뭉치를 내게 주었다.

서류에는 미쓰비시화성공업三菱化成工業에서 탈출한 두 사람이 어떤 일을 겪었는지와 어떻게 탈출을 했는지까지 상세하게 적혀 있었다.

처음 모집할 때에는 월급 최소 120원 이상(이 당시 한국인 평균 월급이 40원 정도, 지방 군수의 월급이 80원 정도로 모집 공고의 월급은 당시 일본인의 월급 수준과 비슷한 수준)을 준다는 광고에 혹해서 지원해 일본으로 건너간 노동자들은 '제로센'을 만드는 공장 중 한 곳에서 일했다고 적혀 있었다.

그곳에서는 식사로 하루 한 끼, 보리쌀로 만든 주먹밥 하나를 먹고 하루 17시간을 넘는 강제 노동을 했다.

도망치지 못하도록 월급을 현금으로 주지 않고 은행에 강제 저축해 인출하지 못하게 했고, 혹시 도망치려다 붙잡히면 노동자들이 보는 데서 때렸으며, 심할 경우 죽이기까지 했다고 적혀 있었다.

또한 한 방에 열 명이 넘는 노동자들을 수용해 제대로 누워 있지도 못했다. 서로 따닥따닥 붙어도 몇 명은 제대로 눕지 못하고 지내는 곳에서 생활한 것이다.

서류에 적혀 있는 내용만 보면 이미 노동자들을 사람이 아니라 가축으로 대우하고 있었다.

이 서류를 보고 있자 미국의 남북전쟁 이전의 흑인 노예보다 더 심한 대우가 아닐까라는 생각까지 들었다.

"심하네요……. 그 두 분은 어떻게 하시기로 했습니까?"

"종로경찰서에 확인을 하니, 일본에서 미쓰비시의 군수기밀을 들고 도피를 했다는 명목으로 수배가 내려져 있었습니다. 본인들도 독립운동에 동참하기를 바라고 있어 중경으로 갈 수 있도록 도와줄 생각입니다."

"군수 기밀요?"

"수배를 내려야 하니 거짓으로 죄명을 만든 게 아닐까 생각됩니다. 두 친구에 물어보았지만, 자신들은 그냥 탈출을 했을 뿐 미쓰비시에서 무언가 가지고 온 것은 없다고 했습니다. 그리고 제가 생각하기에 평범한 노동자가 군수 제작에 관련된 기밀을 구해서 온다는 것 자체가 어불성설입니다."

"그렇겠죠. 기술을 배우거나 기술을 요하는 일을 한 것 같지는 않고, 단순 작업을 하는 인부였을 테니까요. 제가 편지 한 장을 써 드릴 테니, 그들에게 주고 중경으로 가면 성재 선생에게 찾아가라고 하세요."

책상 위에 있는 종이에다가 성재 이시영에게 보내는 간단한 편지를 작성했다.

이들을 받아 주고 잘 부탁한다는 말을 적었다.

특별히 무언가 일을 지시하지 않아도, 성재라면 그들에게 맞는 일을 찾아 줄 것이란 믿음이 있었기에 편지를 길게 적지는 않았다.

그리고 그 두 명이 중국으로 가다 발각될 가능성도 높았기에 내 이름을 적거나 위험할 수 있는 말은 적지 않았다.

"그 두 명도 기뻐하리라 생각됩니다."

그 뒤로도 현재 몽양과 내가 '지하동맹'이라는 약칭으로 부르고 있는 나와 함께하는 모임의 사람들이 진행하고 있는 일들에 대해서도 설명을 듣고 해야 할 일을 이야기했다.

우리와 함께하는 사람들 중에서 지식인도 있지만, 대다수는 소위 말하는 하층민이었다.

지식인이 적은 이유는 그들 중에서 조선 왕실, 대한제국 황실에 대한 반감을 가지고 있는 인물이 많다는 이유도 있지만, 지식인들은 이미 많은 독립운동 세력을 이루고 자신만의 이데올로기로 사회주의, 자유주의, 민족주의 계열로 나뉘어 독립운동을 하고 있어서이기도 했다.

지금 나와 함께하는 몽양 여운형은 조선 안에서의 독립운동을 중요하게 생각하는 인물이어서 조선 안에서 세력을 모았는데, 이미 조선 안에 있는 지식인의 숫자가 적다는 이유도 있었다.

대신 다른 장점이 있었는데, 지하동맹을 구성하고 있는 구성원들이 각계각층에서 일하고 있어서 조선 안에서 일어나는 모든 일에 대해 알 수 있다고 할 정도로 많은 정보들이 수집되었다.

제국익문사가 모으는 정보는 내가 지시해 특정 정보에 대해 깊게 파고들어 가는 형태라면 지하동맹이 모으는 정보는 각계각층에서 일을 하면서 알게 되는 정보라 엄청나게 방대했다.

물론 부정확한 정보도 많았지만 그들 덕분에 조선 안에서 일어나는 일에 대해서는 거의 모두 알 수 있게 되었다.

❦

몽양과의 만남을 마치고 요정을 나오며 주머니에서 회중시계를 꺼내 확인하니 11시었는데, 별채에서 들리는 풍악소리와 웃음소리는 조금도 작아지지 않고 크게 들렸다.

요정의 문을 나가니 길거리에 있는 여러 요정의 노래와 웃음소리와는 대비되게 각 요정이 걸어 놓은 조명의 빛만이 거리를 조용히 비추고 있었다.

요정 화당 앞에는 인력거 한 대가 손님을 기다리고 있었다.

인력거로 다가가니 인력거꾼이 웃는 얼굴로 내게 인사를 했다.

그의 얼굴을 보니 종로의 지하실에서 인력거꾼을 대표하는 사람으로 참석했던 사람이었다.

“이동석 씨군요. 얼굴을 다시 보니 좋군요.”

“소인의 이름을 기억하십니까! 가문에 영광입니다, 전하. 어서 오르시지요. 모셔다 드리겠습니다.”

내가 그의 이름을 말하면서 알은척을 하자 많이 놀란 표정을 짓다 금방 표정을 바꾸고 내게 인력거에 오를 것을 청했다.

고급 요정에서 나온 손님이 인력거꾼과 오래 이야기하면 이상해 보일 거란 걸 나도 알고 있어 그의 청에 따라 인력거에 올라탔다.

운현궁으로 돌아오니 이미 사위는 조용해져 거리를 지나는 사람이 없이 한산해 담장을 넘을 때 조심히 넘었다.

침실로 들어가 이미 잠들어 있는 찬주와 아이들을 확인하곤 이로당을 나와 노락당으로 향했다.

가는 중에 노락당과 이로당의 사이의 문에서 경계를 서고 있던 헌병은 갑자기 내가 지나가자 놀라 당황하다 내 등에 대고 급히 경례를 했다.

놀란 헌병을 뒤로하고 노락당으로 들어가 몽양과 상의했던 일에 대해 암호로 정리하고 있을 때, 문밖에서 소리가 들렸다.

"전하, 시월입니다."

"들어오거라."

일찍 외출했다곤 해도 많은 시간이 지나서 돌아와서 이미 자정을 지난 늦은 시간이라 시월이를 부르거나 하지 않았는데, 시월이가 찾아와 조금 의아했으나 일단 들여보냈다.

"기침하셨다 하여서 간단한 다과를 가지고 왔습니다."

시월이는 양과자와 한과자가 올려져 있는 작은 쟁반 하나를 가지고 들어왔다.

내가 앉아 있는 책상에 쟁반을 올려놓고, 제국익문사로부터 온 편지 한 장을 내려놓았다.

아무래도 시월이가 잠들지 못하고 기다리고 있었던 건 이 편지 때문이었던 것 같다.

시월이가 나가고 나서 편지를 열어 보았다.

일전에 말씀하셨던 해저 전선의 위치를 파악했습니다. 상해와 연결이 되는 해저 전선은 전라도 거문도를 거쳐 여수로 들어오고 있습니다.

과거 영길리가 불법점거를 했을 당시 부설해 사용하다 거문도에서 철수하며 폐기되었던 해저 전선을 일본이 다시 개설하여 사용하고 있습니다.

그리고 일본과 연결되는 해저 전선은 알고 계신 대로 부산, 요부코呼子를 잇는 형태로 유지되고 있으며, 갑신년(1884년)에 부설된 이후 계속 증설, 유지되고 있습니다.

하지만 대륙으로 가는 모든 해저 전선이 부산으로만 오는 것이 아니고, 나가사키에서 상해로 통하는 해저 전선이 있음을 확인했습니다.

그 전선을 끊지 못하면 완벽한 통신 장악은 불가능해 보입니다.

혹시 이외에 일본과 중국 간 유지되고 있는 통신선이 있는지 지속적으로 확인하겠습니다.

-독리 올림

오래전 지시했던 일에 대한 보고서였다.

아직 무선통신은 통신 자체를 보안하는 기술이 없는 상황이었다.

현재 무선통신의 보안은 통신 내용 자체를 암호화해 유지하고 있었다.

암호문을 사용하다 보니 긴 문장으로 자세하게 지시하는 것은 힘이 들었고, 주로 약속된 문장을 주고받는 수준이었다.

주요 군 작전과 기밀의 세부 내용을 보낼 때는 유선통신을 이용하고 있었기에 전황 자체를 뒤집어 버릴 수도 있다고 생각해 준비했지만, 나가사키에서 상해로 연결되는 전선이 있다는 것을 파악하고는 실망할 수밖에 없었다.

그래도 일본에서 만주국으로 가는 통신은 한반도를 통해서 간다는 게 뻔하기에 부산과 거문도의 전선을 장악할 수 있으면 짧은 시간이겠지만 관동군에 엄청난 혼란을 줄 수 있다고 생각됐다.

기대했던 결과는 아니었지만 그래도 완전히 틀어진 건 아니었기에 나름 만족하고 독리에게 보낼 편지를 작성했다.

몽양이 수집했던 정보 중에서 중요한 부분에 대해서 적어나갔다.

모든 정보를 검증하면 좋겠지만 그건 여러 가지 문제로 불가능했고, 정말 중요한 몇 가지만 추려 검증하고 활용해야 했다.

편지를 다 작성하고 나서 시월이를 불러 적당히 집어먹은 다과 쟁반과 함께 편지를 건네주었다.

"금이라……. 늦지 않았어야 할 텐데."

몽양은 조선은행이 경비가 삼엄해 탈취를 하거나 혹은 탈취했다 하더라도 무게와 부피 때문에 숨겨 놓고 사용하기는 불가능하다고 생각해 아쉽지만 유용한 소문은 아니고 지나가는 말로 내게 했었다.

처음 생각할 때는 나도 몽양같이 쓸모없게 생각하다 생각의 방향을 약간 바꾸니 가능성이 보였다.

할 수 있는 일이 거의 없는 상황에서 작은 가능성이라도 보인다면, 그 가능성을 키워 기회로 이익으로 만들어야 했다.

중국, 미국과 전쟁을 하고 있었지만 전황이 좋아서인지 새해를 맞이하는 경성의 분위기는 나쁘지 않았다.

사람들은 새해를 맞이해 춥지만 웃음이 가득한 얼굴로 거리를 다녔다.

운현궁도 새해를 맞아 대청소를 하고 순정효황후와 사동궁 어머니들에게 인사를 하는 것으로 1942년 새해를 맞이했다.

아버지인 의친왕 이강은 왜놈들이 말하는 양력 새해는 인정 못 한다며, 아직 신사辛巳년이라고 하며 음력 새해에 보자고 했다.

연말이라 들떠 있던 거리는 새해가 되면서 차분해졌고, 길거리에는 매일같이 뿌려진 호외 종이만이 을씨년스럽게 거리를 지키고 있었다.

타이 왕국의 수도인 방콕을 점령했다는 기사를 시작으로 인도차이나반도, 말레이반도, 필리핀 군도에서 이어지는 승전 기사가 호외로 뿌려졌다.

새해가 되고 얼마 지나지 않아 미국에서 상하원을 상대로 외교 활동을 펼치고 있는 윤홍섭이 보낸 편지와 성심聖心이라고 쓰여 있는 작은 종이 한 장을 시월이가 가지고 들어왔다.

성심이 쓰여 있는 종이에는 제국익문사 독리의 도장이 찍혀 있었다.

내가 직접 성심양복점을 방문하는 것은 자주 있는 일이 아니었는데, 아무래도 무언가 얼굴을 보고 대화를 해야 하는 일이 생긴 것 같았다.

성심이 쓰인 종이를 화로에 던져 없애고, 윤홍섭이 보낸 편지를 펼쳤다.

전하께서 보내 주신 서류를 가지고 미 의회를 찾아갔으나, 이 정도 첩보는 항상 있어 왔고 이렇게 빠르게 일이 진행될 거라는 경고는 받아들여지지 않았습니다.

이런 일을 알리는 중 현 부통령인 헨리 A.월리스Henry Agard Wallace와 이야기를 할 기회를 가졌습니다.

전하께서 보내신 경고문을 해리 S. 트루먼 상원의원에게 전달하니, 그가 바로 부통령에게 전달했던 모양입니다.

사건이 일어난 직후 부통령의 초대로 트루먼 상원의원과 함께 부통령을 만날 수 있었습니다.

부통령을 만나러 가기 전 독대한 트루먼 상원의원은 이 정보들이 어디서 나오는지 궁금해하여, 아직 전하에 대해 구체적으로 말하진 않았지만 제 뒤에 대한제국의 후계자가 있다는 걸 넌지시 알렸습니다.

그랬더니 그는 잠시 놀란 듯하다 이내 이해한 듯 보였습니다.

전하의 조언대로 한반도가 미국의 지원 아래 공산주의가 되지 않고 자유 진영에 서 있기를 바란다는 말을 하니, 아주 만족한 표정으로 이야기를 마칠 수 있었습니다.

그 뒤 함께 부통령에게 갔습니다. 부통령도 정보를 어디서 가지고 오는 것인지 궁금해했고, 트루먼 상원의원이 주도적으로…….

…….

전하께서 말씀하신대로 상하원 선거가 11월 3일에 치러질 예정입니다.

그때 일전에 말씀드린 대로 트루먼 상원의원도 선거를 치를 예정입니다.

어느 정도 금액까지 지원을 해야 하는지 알려 주시면 좋겠습니다.

트루먼 상원의원이 있는 미주리 주의 상원의원 선거는 4파전으로, 미주리 주지사인 로이드 C. 스타크Lloyd Crow Stark 주지사와 민주당 경선이 예정되어 있고, 공화당에서는 멘델 H. 데이비스Manvel Humphrey Davis 하원의원과 모리스 M. 밀리Maurice M. Milligan 지역 변호사와의 경선이 예정되어 있습니다.

스타크 주지사와 데이비스 하원의원이 강력한 경쟁자인데, 민주당 경선에서 이긴다 하여도 본선에서 승리를 장담하기 힘든 상황입니다.

특히 진주만 공습 이후, 상대적으로 유약한 이미지의 민주당보단 강력한 이미지의 공화당에 유리할 것이란 분석이 높은 상태입니다.

제 개인적 생각으로는 트루먼 상원의원을 중점으로 지원해 도박을 하기보단 야당인 공화당 쪽 유력 주자에게 접촉하여서 지원하는 방법도 좋을 것으로 사료됩니다.

추신, 프랭클린 D. 루스벨트Franklin Delano Roosevelt 대통령이 의회에서 연설한 연설 전문을 첨부했습니다.

윤홍섭이 보내온 편지를 다 읽고 나서 마지막 장을 보니 혼으로 적은 글씨가 아닌 타자기를 사용한 글씨에 영어로 작성되어 있는 종이가 들어 있었다.

Mr. Vice-President, Mr. Speaker, members of the Senate and the House of Representatives : Yesterday, December 7, 1941—a date which will live in infamy—the United States of America was suddenly and deliberately attacked by naval and air forces of the empire of Japan(부통령, 의장, 상원, 하원의원 여러분 : 어제, 1941년 12월 7일-이날은 치욕의 날로 기억될 것입니다-아메리카 합중국은 일본 제국의 고의적인 기습 공격을 당했습니다).

…….

With confidence in our armed forces, with the unbounding determination of our people, we will gain the inevitable triumph. So help us God.

I ask that the Congress declare that since the unprovoked and dastardly attack by Japan on Sunday, December 7, 1941, a state of war has existed between the United States and the Japanese Empire(우리 군대에 대한 신뢰와 우리 국민의 결연한 의지로써, 우리는 기필코 승리를 거두게 될 것입니다. 신의 가호를 빕니다. 본인은 1941년 12월 7일 일요일에 일본의 일방적이고 배신적인 공격이 개시된 이후, 미국과 일본 제국 사이에 전쟁 상태가 시작되었음을 의회에서 선

언해 줄 것을 요청하는 바입니다).

영어를 사용한 지 오래되어서 해석하다 조금 막히는 부분이 있기는 했지만, 그래도 내용을 파악할 수 있었다.

내가 영어를 어느 정도 한다고 말을 하지 않았는데, 원문만 보낸 게 약간 의아하긴 했다.

"전하, 약 드실 시간이옵니다."

루스벨트의 연설문을 다 읽었을 때 문밖에서 하야카와의 목소리가 들렸다.

동경의 집과 짐들을 정리한 후 늦게 경성으로 돌아온 하야카와는 돌아오고 나서 동경에 있을 때 양약이 잘 듣지 않았다고 생각했는지 이리저리 분주하게 돌아다녀 유명하다는 한의사를 데리고 와 진맥하고 탕약을 지어 왔다.

"들어오게."

문을 열고 들어오는 하야카와의 뒤에는 시월이가 탕약을 쟁반에 받쳐 함께 들어왔다.

"또 탕약인가? 요한 박사가 적당한 휴식과 요양을 하면 괜찮다고 했는데도 사람 참……."

"허해진 기를 보하는 약이라고 하니, 함께 드시면 좋을 것입니다, 전하."

하야카와는 동경에서 찬주가 없을 때 자신이 나를 잘 보필하지 못해 병이 걸렸다고 생각하고 있었다.

그래서 이전보다 더욱 내 건강에 민감하게 반응했다.

그의 걱정스러운 얼굴과 가지고 온 정성을 생각해서 탕약을 받아 마셨다

"참, 오늘 외출할 것이니 그리 알게."

시월이가 다 마신 탕약 그릇을 가져 나갈 때 따라 나가려는 하야카와에게 말했다.

"아직 몸도 온전치 않으신데, 어디를 가시려고 하십니까?"

하야카와는 시월이를 먼저 보낸 후 문을 닫고 내게 말했다.

"종로 성심에 가서 양복 좀 새로 맞춰야겠어. 품이 이렇게 남아서야 원……."

길었던 금식 기간이 끝나고 나서 먹는 양이 줄어 음식을 많이 먹지 않았다. 그리고 아프다고 요양 온 사람이 운동을 정기적으로 하는 게 이상하게 느껴질까 봐 운동을 지속적으로 하지 않아 근육과 살이 빠져 몸이 볼품없어졌다.

그 결과 이전에 입던 옷들이 품이 많이 남아 나풀거릴 정도였다. 그래서 거울을 보면 양복인지 한복인지 헷갈릴 정도로 품이 남았다.

평상시 잘 입는 한복은 옷의 품이 조절이 가능해 큰 문제가 없었는데, 양복은 고정되어 있는 사이즈라 살이 빠지니 친구의 첫 결혼식에 아버지 양복을 빌려 입은 아이 같은 느

낌이었다.

"……알겠습니다. 그럼 언제쯤 준비를 하면 되겠습니까, 전하?"

하야카와는 내 옷을 한참 보더니 자신이 봐도 새로 맞춰야 할 것이라 생각이 들었는지 수긍하며 대답했다.

"잠시 후에 갈 것이니 바로 차를 준비하게."

하야카와가 나가고 나서 서랍에 넣어 놨던 편지들을 정리해 태워 버리고는 외출 준비를 했다.

하야카와가 금방 외출할 준비가 다 됐음을 알려 왔고, 밖으로 나가니 배중손이 차를 준비하고 기다리고 있었다.

하야카와도 따라오려는 것인지 옷을 갖춰 입고 있었다.

"하야카와는 오늘 일이 있다고 하지 않았었나?"

새해라고 운현궁을 대청소하며 양관(운현궁 신관)도 함께 청소를 하였는데, 오랜 기간 사용을 하지 않아서인지 여기저기 보수해야 할 곳을 발견했다.

그리고 노락당, 노안당도 곳곳에 손길이 필요한 곳이 확인되었다.

건축한 지 오래되다 보니 자주 관리를 해 줘야 하는데, 찬주가 생활하는 이로당을 제외하곤 하야카와가 나와 함께 경성을 떠나 있는 일이 잦아 관리가 제대로 되지 않아 보수가 필요한 곳이 많았다.

내 말을 들은 하야카와는 오늘 이미 오기로 한 수리업자들이 떠오른 것인지 잠시 생각하는 표정을 지었다.

아랫사람에게 맡겨도 되지만 이미 아랫사람에게 관리를 맡겨 놓았다가 제대로 관리가 되지 않는 것을 확인했기에 하야카와의 성격상 자신이 챙기고 싶어 할 터였다.

그러는 중 내가 외출을 하니, 머릿속에서 이러지도 저리지도 못하고 고민을 하고 있는 것 같았다.

“배중손과 함께 다녀올 테니 하야카와는 궁 보수에 신경을 쓰게.”

“그래도 제가 전하를 모셔야 하는데…….”

하야카와는 고민이 되지만 그래도 나를 따라와야 할 거 같다고 말을 했다. 그런 그의 말을 중간에 끊어 버리고 내가 말했다.

“괜찮네. 딱히 자네가 나를 따라와 할 일도 없으니, 이곳일에 신경 쓰게 양복점은 나와 기사만 가도 괜찮네.”

뭐라고 더 말을 하려는 하야카와를 손으로 대충 정리하고 배중손이 기다리고 있는 차로 다가갔다.

하야카와는 집안 정리도 해야 한다고 생각해서인지 잠시 고민을 하는 듯하다 차로 다가와 인사로 배웅했다.

7장

운현궁을 벗어난 차량은 얼마 지나지 않아 종로로 접어들었고, 성심 양복점 앞에 주차를 했다.

성심 양복점은 지난번 약산을 만나러 왔을 때와는 달라져 있었다.

본래 있던 양복점과 옆 건물의 매장까지 생겨 두 배는 커진 형태로 운영되고 있었다.

분점에는 여러 사람이 양복 작업을 하고 있었고, 본점은 이전과 같은 테일러 혼자서 운영하고 있었다.

본점으로 문을 열고 들어가자 테일러가 나를 보곤 웃으면서 말했다.

"어서 오십시오. 성심을 방문하신 것을 환영합니다."

테일러는 내 뒤로 들어온 배중손과도 알고 있는지 내게 인사하고 배중손과도 눈인사를 했다.

"분점도 생겼나 보군."

"총독부에서 인기가 높아져 일본인 손님이 많아졌습니다. 물량을 감당하기 위해 분점을 냈습니다. 사실 이곳에서도 여러 사람이 만들면 가능은 하지만……. 이쪽으로 모시겠습니다, 전하."

조심스럽게 말하는 테일러의 말끝에 비밀 유지를 위해서 분점을 만들어 직원을 새로 고용했다는 걸 짐작할 수 있었다.

비밀 유지를 위해서는 본점에 많은 인물이 있으면 안 되는데, 숫자가 작은 제국익문사의 요원을 고작 양복을 만드는 데 추가로 투입할 수는 없으니 생각한 방법으로 보였다.

테일러가 후원으로 들어갈 수 있는 방으로 나를 이끌었고, 그를 뒤로하고 작은 통로를 통해 후원으로 들어갔다.

후원에는 이미 독리가 나를 기다리고 있었다.

"제국익문사 독리 감청천, 전하를 알현하옵니다."

내가 후원으로 들어서자 독리는 황실 예법에 따라 내게 인사를 했다.

"예는 필요 없다니까……. 참 독리도 한결같군요."

"심心은 예禮에서 나오는 법입니다, 전하."

"시간이 많지 않으니 들어가지요."

내 말에 독리는 후원에 있는 방 중에서 한 곳으로 들어갔다.

방 안에는 책상과 의자 두 개가 놓여 있었는데, 책상 위에는 여러 서류들이 올려져 있었다.

"나를 급하게 찾은 것은 중요한 일이 있어서겠지요?"

"그렇습니다, 전하. 부득이하게 전하께 알현을 요청드릴 수밖에 없었던 소인을 용서하시기 바랍니다."

편지는 매일같이 주고받았으나, 독리와 단둘이 이야기를 하는 것은 정말 오랜 시간이 지나 잊고 있었는데, 아직도 그는 나를 마치 대한제국의 황제를 대하듯이 말했다.

그런 그의 충정은 누구보다 잘 알고 있었지만, 불편하게 느껴지는 건 어쩔 수 없었다.

"아니에요, 독리. 과도한 예는 망국의 후손에게 누가 되니 앞으로는 편하게 하세요. 부탁입니다."

"전하 또, 어찌 그런 말씀을 하십니까? 송구합니다, 전하."

"또 명령이라고 해야지 제 말을 들으실 건가요?"

"말씀 듣겠습니다, 전하."

독리는 내키지는 않지만 내 말이기 때문에는 듣는다는 걸 온몸으로 표현하면서 대답했다.

평생의 대부분을 대한제국 시절 황제를 보면서 살아온 그여서 익숙한 것은 어쩔 수 없다는 걸 마음으로는 이해했지만, 나에게 과도한 예를 표하는 건 내가 민망해 참기 힘들었다.

"일단 나를 찾은 중요한 일에 대해서 이야기하죠."

"전하께서 일전에 하문하시고 명하셨던 금괴에 관해서 조사가 끝났습니다. 이미 다음 달에 금괴가 실릴 것으로 예상되는 배 네 척에 밀정을 포섭했습니다."

독리는 책상 위에 있던 서류 중에서 몇 개를 내게 넘겨주면서 말했다.

서류에는 일본 육군 소속 수송선 네 척의 정보가 빼곡히 적혀 있었다.

내가 작은 가능성으로 봤던 것이 현실이 될 수 있다는 생각이 들었다.

일본의 육군과 해군은 같은 나라의 군대라고 보기 힘든 곳이었고, 서로 반목해 온 역사가 오래되었다.

그래서 육군이 실질적으로 지배하고 있는 조선과 조선은행의 금을 움직이는 데 해군의 배가 아닌 육군의 배가 움직일 것이란 생각이 이 작은 가능성의 시작이었다.

"해군이 아닌 육군 소속 배지만 그 배를 타고 있는 사람 역시 군인일 텐데 포섭이 잘되던가요?"

"육군에는 이미 많은 대한인 징용병이 있고, 이 네 척의 배에도 갑판병으로 들어가 있는 대한인이 있어 포섭은 어렵지 않았습니다, 전하."

"좋습니다. 역시 수송선뿐이네요. 일단 폭탄은 운반을 완료했나요?"

한 지붕 두 가족처럼 일본 제국 육군과 해군은 서로 정보나 군수품을 교류를 하지 않고 독자적인 표준을 가지고 있었다.

해군의 전함에 실어 나르면 공략이 불가능하지만 육군 수송선은 상대적으로 공략할 방법이 있었다.

강판의 두께가 해군 안에서도 전함과 수송선은 차이가 있었고, 특히 육군의 수송선은 더욱 강판의 두께가 얇았다.

거기다 히로무의 정보 중에 육군 수송선은 아직 격실 분리가 제대로 되어 있지 않아 한 곳에서 침수가 일어나기 시작하면 어처구니없이 침몰한다는 정보도 있었다.

"아직 네 척 중 어떤 곳에 실릴지 확신하지 못해, 군산까지만 운반을 한 상태입니다, 전하."

"그래도 짧은 시간에 준비를 많이 했네요."

"언젠가 있을 거사를 위해 폭발물 전문가인 김용팔 상임통신원이 경성으로 들어오면서 성재가 구해 준 재료들을 가지고 들어와, 이천에 위치한 사무소에서 폭탄들을 제조해 숨겨놓고 있었습니다."

독리의 말에 이전에 받은 편지에 이런 내용이 있었다는 게 기억났다.

폭탄을 가지고 국경을 넘는 게 위험하니 재료를 나눠서 가지고 들어와 경성 근처에서 제조를 해 은닉해 놓겠다는 보고였다.

"좋습니다. 일정은 어느 정도까지 정해졌습니까? 접근이 가능하겠던가요?"

독리는 내게 보여 준 자료들을 치우고 군산 근처의 지도 한 장을 책상 위로 올렸다.

그 지도에는 요소요소에 글이 쓰여 있었는데, 진행 사항과 파악한 사항들이 적혀 있었다.

"일단 현재 금이 모이고 있는 곳은 조선은행 군산점, 이곳입니다. 전국에서 모인 금광석은 이곳 장항제련소에서 금괴로 만들어지고, 장항역에서 기차에 실어 군산선을 통해 군산항역으로 이동합니다. 이곳에서 선적하여서 배로 시모노세키까지 이동, 시모노세키에서 동경까지는 다시 기차로 동경까지 이동. 최종적으로 동경 제일은행第一銀行 본점의 지하 금고로 보내질 예정입니다. 일단 전하의 계획을 토대로 세부 계획을 수립하였는데, 거사 예정지는 이곳입니다. 군산항을 출발해 일본으로 가는 배는 모두 이곳을 지나가는데, 이곳은 조수간만의 차가 크지 않고, 조류가 거의 없어 침몰시키고 분실되는 양이 적을 것으로 생각되어집니다. 수심이 깊고 물이 탁해 현재 기술로는 인양이 불가능한 지역입니다."

독리는 지도에서 전라남도 앞쪽 여러 섬 사이에 있는 바다 중 한 곳을 찍으면서 이야기했다.

"수심이 어느 정도 되나요?"

"총독부에서 가지고 온 해도를 토대로 하면 수심은 164척呎(피트) 정도 되는 걸로 파악되었습니다, 전하."

164척, 3.3을 나누니 50미터가 조금 안 되는 깊이인 것 같았다.

서해 자체가 펄이 많고 물이 탁해 인양이 어려운 지역이라 서해안에서 침몰시킨다는 큰 틀은 내가 만들어 독리에게 넘겼는데, 독리가 좋은 지점을 찾아냈다.

거사 지점으로 예정한 곳에 침몰시킬 수 있다면 최선의 방법이 될 것 같았다.

"금괴의 양은 파악되었나요?"

"이미 운산광산에서 생산되어져 조선은행 경성지점에 보관되어 있다 군산으로 이동한 금괴의 양이 90톤 정도 되고, 장항제련소에서 추출한 금괴가 이제까지 한 번도 본토로 이동하지 않고, 조선은행 군산지점에 모인 걸로 확인했습니다. 장항제련소가 한 달에 추출하는 금의 최대량이 월 1.5톤 정도로, 장항제련소가 을해(1935)년에 개관해 올해까지 생산량이 최소 30톤에서 최대 110톤 정도로 예상됩니다. 해서 최소 120톤 최대 200톤까지 예상하고 있습니다."

"허…… 200톤이라……. 엄청난 양이군요. 그런데 오차 범위가 80톤이라면 차이가 엄청나게 크군요."

200톤. 상상조차 안 될 정도로 많은 양에 깜짝 놀라다 80

톤이라는 어마어마한 오차 범위는 조금 이해가 되지 않아 되물었다.

"장항제련소로 들어간 금광석의 양이 정확하게 파악되지 않고, 또한 건식제련의 금 추출량이 9할이 넘는다고 해도, 금광석의 순도를 정확히 알지 못해 예측량이 차이가 클 수밖에 없습니다, 전하."

독리는 이런 나의 질문에 송구하단 표정을 지으며 대답했다.

독리의 태도에 제국익문사가 항상 양질의 정보를 가지고 와서 그걸 너무 당연시한 내 태도에 죄책감이 들었고, 괜한 걸 질문한 내 자신이 부끄러워졌다.

"아니요, 제국익문사의 잘못이 아닙니다. 이 정도로 예측한다는 것 자체가 지금 상황으로는 대단한 거지요. 정보는 이거면 충분해 보이네요. 수고하셨어요. 그럼 거사의 세부 계획은 어떻게 되는 건가요?"

"중경에서 온 요원 두 명이 이미 군산에 잠입해 있습니다. 선적이 되기 시작해 정확히 어느 배인지 파악이 되면 포섭해 놓은 밀정을 통해 갑판으로 잠입, 숨어 있다 야간을 틈타 하부 갑판에 폭탄을 설치, 결행 위치에 도착하면 폭파해 침몰시킬 계획입니다, 전하."

독리는 배가 그려져 있는 도안과 폭발물에 대한 설명이 있는 종이를 보여 주면서 신나게 이야기했다.

"좋습니다. 독리의 계획대로 진행하세요. 그리고 목표 달성보다 요원 한 명 한 명의 목숨이 더욱 중요하다는 걸 명심해 주세요. 제국익문사의 요원 한 명 한 명이 앞으로 해야 할 일이 많아요."

"요원들에게 그리 전하겠습니다, 전하."

"아, 그리고 이제 원백圓柏을 준비하도록 하세요. 4월에 전선으로 떠날 예정이니, 명단 또한 시월이와 다시 한 번 확인하도록 하고요."

자리에서 일어나며 독리에게 이야기하자 독리에게서 안광眼光이 뿜어져 나왔다.

원백, 향나무가 뜻하는 바를 독리는 잘 알고 있었기에 망설임 없이 대답했다.

"준비하도록 하겠습니다, 전하."

독리와 대화를 마치고 양복점 탈의실로 나오니 테일러가 가봉한 옷을 한 벌 만들어 놓고 있었다.

"역시 눈썰미가 좋군. 평소보다 훨씬 오랜 시간을 있었으니, 다른 종류로 세 벌을 만들어 주게."

"그리 준비하도록 하겠습니다, 전하."

운현궁으로 돌아오니 자신을 오노 로쿠이치로大野緑一郎

정무총감실의 직원이라고 소개한 일본인이 나를 기다리고 있었다.

"오래 기다렸는가?"

"아닙니다, 전하. 금방 도착을 하였습니다."

"일단 들어가서 이야기하도록 하지."

내가 일본을 오가면서 오노 정무총감과 따로 만나거나 이야기한 경우는 거의 없었다.

나와는 접점이 거의 없는 인물이 무슨 일로 찾아왔는지 의문이 들어 사랑채인 노안당으로 들어가며 나를 따라오는 사내를 살폈다.

"앉지."

운현궁에 손님이 찾아오는 경우가 잘 없어 노안당은 거의 사용하지 않고 있는 곳이다. 그래서 입식이 아닌 좌식으로 흥선대원군 이하응이 사용하던 그때의 모습과 거의 변화가 없었다.

이준용이 운현궁에서 생활할 때에는 양식으로 지은 양관을 주로 사용해 한옥집은 방치되어 있었다.

나를 따라 들어온 사내는 좌식으로 앉는 것에 익숙하지 않은 듯 잠시 고민하다 무릎을 꿇고 앉았다.

"그래, 정무총감이 나에게 무슨 일로 보냈는가?"

"동경에서 새해 첫 정기 의회가 열릴 예정이라 참석 여부를 확인하기 위해서 찾아뵈었습니다, 전하."

사내가 가지고 온 이야기는 내 생각보다 별것 아니었다.

그냥 전보를 통해서 문서를 전달해도 될 것인데 굳이 그가 직접 와서 이야기하는 게 조금 이상하기는 했으나, 귀족원 의원이라는 지위가 가지는 특수성이라고 생각하고 넘어갔다.

"내가 요양 온 것을 잘 알 터인데……. 아직 몸이 정상이 아니라 못 간다고 전하게."

"하오나, 신년 첫 의회는 천황 폐하께서 직접 참석하시는 큰 행사이옵니다, 전하."

"천황 폐하께 직접 요양을 가도록 윤허를 받은 일이니 괜찮네."

"알겠습니다. 그럼 귀족원 사무처에 불참으로 전달하겠습니다, 전하."

"나를 찾아온 이유는 그게 전부인가?"

사내에게 축객령을 내리기 위해 물었다.

"사실 정무총감께서 소인을 보내신 이유가 하나 더 있습니다, 전하."

내가 아무런 대답 없이 그를 바라보고 있자, 더 이야기해도 되는지에 대해 나에게 허락을 구하는 눈빛으로 나를 바라보고 있었다.

"계속해 보게."

"정무총감께서는 작고하신 박영효 후작님 이후로 귀족원

의 의원이 없었는데 영광스러운 자리에 칙임되심을, 중추원의 의장이기도 하신 자신을 비롯해 박중양, 이진호 두 부의장님과 고문, 참의, 전 중추원 구성원을 대신해 축하드린다 하셨습니다. 해서 오노 로쿠이치로 의장님께서는 첫 중추원 신년 모임에 참석하셔서 자리를 빛내 주셨으면 한다는 뜻을 전해 오셨습니다, 전하."

뭔가 기나긴 수식을 붙이더니 결국은 중추원에 와서 꼭두각시 노릇을 하라는 말이었다.

성질대로라면 개소리하지 말라고 욕지거리를 하고 싶었지만, 참고 사내를 가만히 바라보면서 기대하는 눈빛을 보내고 있는 그에게 해 줄 말을 정리했다.

"이봐, 당신이 보기에는 내가 멀쩡해 보이는가?"

"네, 네?"

내 질문이 이상했는지, 아니면 생각하지도 않았던 질문이어서인지 사내는 당황하면서 대답했다.

"아니면 중추원이 귀족원보다 더 중요한 곳인 건가?"

내 말에 사내는 자신이 모시고 있는 사람이 원하는 결과가 아니라는 것을 직감했는지 얼굴 표정이 안 좋아졌다. 그러나 뭐라 말을 하지 못하고 있었다.

그래서 그의 대답을 기다리지 않고 이어서 말했다.

"내가 지금 몸이 좋지 않아 요양을 하고 있어 귀족원의 정기 의회에도 참석하지 않는데, 내가 중추원의 모임에 참석을 해야겠는가? 의사가 상세가 심각해 요양을 하라고 해서 와 있는 것인데, 그런 외출까지 내가 해야 한다고 생각하나? 왜 대답이 없나?"

한참을 기다려도 대답을 하지 않아 쏘아붙이듯 물으니 사내는 그제서야 떠듬떠듬 말을 했다.

"저, 저…… 그, 그게…… 정무총감께는 병환이 호전되지 않으셔서 참석하지 못하신다고 말씀드리도록 하겠습니다, 전하."

"그래, 그럼 볼일이 끝났으면 나가 보도록 하게."

"감사합니다, 전하."

사내는 뭐가 감사한 것인지 인사를 하고는 자리에서 일어났다.

오랜 시간 일본식 정좌를 하고 있어서인지 일어날 때 잠시 휘청이기는 했으나, 금방 중심을 잡고 낭패감 가득한 얼굴로 내게 인사를 하고는 밖으로 나갔다.

그가 나가고 나서 조금 있다 나도 노락당으로 돌아가기 위해 나왔다.

문 앞에는 하야카와가 기다리고 있다 내게 말을 걸어왔다.

"전하, 정무총감이 보내서 온 것인데, 그리 돌려보내도 괜찮겠습니까? 본토까지 가시는 건 힘들어도 가까운 총독부에 있는 중추원 모임은 참석하시는 것도 나쁘지 않아 보입니다, 전하."

"하야카와는 내가 요즘 조용하니 내가 어떤 사람인지 잊은 것 같군."

이우 공은 일본 제국에 상당한 반감을 가지고 있는 인물이었고, 그건 내가 회귀하고 나서도 한동안은 지속되었다.

최근에 들어와 내가 목표하는 것을 이루기 위해 감시의 눈에서 벗어날 필요가 있어 일제를 자극하는 행동은 거의 하지 않고 있었다.

그래서인지 하야카와가 평소에는 잘 하지 않는 말까지 한 것 같았다.

하야카와는 나에 대해 잘 알고 있는 사람이고 표면적으로 큰 저항은 하지 않고 있지만, 굳이 내가 전방에서 서서 매국 행위를 할 필요는 없었다.

내가 자신들의 뜻대로 움직여 준다고 느끼기 시작하면 그들이 요구하는 양이 늘어날 것이란 것도 잘 알고 있었다.

둑이라는 게 처음 구멍을 뚫는 게 힘들지 작은 구멍 하나라도 뚫리기 시작하면 무너지는 것은 삽시간이었다.

"송구하옵니다, 전하. 제가 괜한 말씀을 드린 것 같습니다."

내 말에 자신의 실수를 금방 깨달은 하야카와는 사과하고 말없이 나의 뒤를 따라왔다.

그는 내가 노락당으로 돌아오고 나자 시월이를 시켜 작은 다과상과 음료를 내 방으로 들여보내고는 자신의 일을 하기 위해 운현궁 여기저기를 돌아다녔다.

시월이가 가지고 온 편지는 미국의 윤홍섭으로부터 온 편지였다.

며칠 전 이미 정기적으로 보내는 편지가 왔고, 내가 보낸 답장이 벌써 미국에 도착하지 않았을 텐데 또 편지 한 장을 보내와 시급한 일이 터졌다고 예상하고 편지를 뜯었다.

전하께 편지를 보내고 몇 시간 되지 않아 유일한 박사와 접촉해 오던 쪽에서 공식적인 영입과 동맹 제안을 해 왔습니다.

제안을 해 온 쪽은 OSS(The Office of Strategic Services) 전략 사무국입니다. 그들은 이미 우리 그룹이 한반도 내에 임시정부와는 별개로 비공식적이지만 강력한 그룹을 형성했다고 파악하고 있었으며, 북미 대한인 국민회가 그 그룹의 지원 아래 있다는 것도 파악하고 있었습니다.

아직 전하에 대해서 정확히 파악하지는 못했지만, 그들의 정보력이라면 시간이 지나면 파악할 것으로 보입니다.

우리와는 화친을 원하고, 양쪽의 의견을 조율할 인물로 유일한 박사에게 접촉한 것으로 파악되었습니다.

그들이 구체적으로 원하는 바는 한반도와 일본 본토 내에서의 정보 수집과 유사시 일본 제국 영토 내에서 정보나 암살, 폭파 같은 공작 활동이었습니다.

요원들의 교육은 중화민국의 훈련장과 미국 본토의 훈련장에서 우리 측이 추천하는 요원들을 선발 훈련 후 일선 배치할 것이라고 했습니다.

전하께서 미리 말씀하셨듯 미국과는 손을 잡기로 결정했는데, 어떤 결정을 하면 좋을지 확신이 서지 않아 급히 편지를 썼습니다.

이미 제국익문사의 인원은 소련으로 출발해서 다른 북미 한인회의 인원을 통해서 블라디보스토크의 제국익문사 사무실로 보내어져 이전의 편지보다 조금 늦게 도착할 것이라 예상되지만 빠른 시일 내에 답문을 부탁드립니다.

그리고 유일한 박사가 그들에게서 선물이라고 받은 정보가 있어서 함께 보냅니다.

1942년 2월 초 육군 소속 수송선 가와사키마루川崎丸호가 조선 반도 군산에서 출항, 동경항으로 입항 예정.

선적 예정 물품 미상. 무게 150톤 이상 크기 2㎥로 예측됨.

편지를 읽고 나서 멍하니 편지를 바라봤다.

선적 예상 물품 미상이라고 나와 있지만, 이미 미국은 거기에 무엇이 실려 있는지 파악한 것 같았다.

150톤 이상의 무게가 나가는데, 크기가 2세제곱미터밖에 되지 않는 귀중품, 높은 밀도를 자랑하는 물품은 금괴밖에 생각나지 않았다.

거기다 군산을 출항해 동경으로 가고, 육군의 수송선이라는 것.

이미 독리와 이야기했던 예상 선박 네 척 중에 있던 가와사키마루호라는 이름을 보는 순간, 이게 금괴가 선적될 선박이라는 게 확실해졌다.

조금 전에 보고 온 독리에게 보낼 편지를 급히 작성해 가와사키마루호가 해당 선박이란 것을 알렸다.

편지를 작성하고 나서 윤홍섭이 보내온 편지를 다시 가만히 살펴보니 소름이 돋았다.

이들이 과연 무슨 의미로 내게 이 정보를 보낸 것을까?

만약 내가 금괴를 확보할 생각을 하고 있다는 것을 그들이 알고 있었다면, 그들의 정보력이 어느 정도인지 가늠할 수가 없었다.

실제로 내가 이 정보에 관심을 가지고 있다는 건 몽양도 알지 못하고, 나와 독리 그리고 제국익문사에서 실질적으로 군산으로 내려가서 조사를 한 요원 두세 명이 아는 전부였다.

하지만 이내 생각을 접었다.

그들이 아무리 정보력이 뛰어나다고 해도 그 정도는 알 수 없었다.

일단 시간상으로 맞지 않았다. 이 정보를 유일한이 전략사무국으로부터 받았을 때는 아직 내가 금괴의 존재에 대해 알지 못할 때였다.

첫 번째 윤홍섭에게서 왔던 편지는 이미 일주일 전에 도착했다.

보통 제국익문사의 요원들이 가지고 미국을 왔다 갔다 하는 편지가 최소 한 달에서 길게는 6주가 넘게까지 걸리는 것을 생각하면, 편지를 부치고 나서도 한참을 있다가 내가 여운형에게 금괴에 대해 듣고 조사를 하기 시작했다.

그래서 다른 쪽으로 생각을 돌리니 그들이 원한 게 보였다. 우리가 어느 정도 정보력과 실력을 가지고 있는지 파악하고 싶어서 이런 정보를 미끼 삼아 넘긴 것 같았다.

우리의 세력과 능력이 어느 정도 되는지에 따라 앞으로 어떻게 관계를 만들어 나갈지를 정하려는 것으로 보였다.

이런 것이라면 내가 이 미끼를 덥석 물어 줄 필요가 있었다.

우리가 가지고 있는 능력을 보여 주면 미국의 윤홍섭은 조금 더 동등한 수준에서 이야기할 수 있을 것으로 보였다.

윤홍섭에게는 전략사무국과의 협상에 최대한 노력하고 체결될 수 있도록 하라고 전했다.

요원은 북미 대한인 국민회의 청년들과 내가 보낼 제국익문사의 요원을 위주로 훈련받을 수 있게 하라고 적었다.

독리에게 보내는 편지에도 스무 명 정도 선발해 미국으로 갈 수 있도록 조치하게 적고, 다과상을 치우러 들어온 시월이에게 두 장의 편지를 건네주었다.

정확한 날짜는 아니지만, 대략적인 날짜와 수송선을 특정하고 나서부터 제국익문사의 일은 일사천리로 진행되었다.

이미 군산에서 대기하고 있던 요원 중 한 명이 미리 섭외해 놓은 밀정의 도움으로 가와사키마루호에 위장 취업하는데 성공했다.

밀정을 통해서 가와사키마루호에 승선 중인 한인 징집병이 휴식을 위해 군산의 여관에 머물고 있다는 정보를 입수, 제국익문사의 요원이 그 사람과 교대해 잠입에 성공했다.

갑판에서 근무하고 있는 한인 징집병만 해도 이미 쉰 명 가까이나 되었기에 한 사람 바뀌는 정도는 일본인들이 알아차리지 못했다.

갑판원들이야 매일같이 얼굴을 보는 사이라 알 수 있었지만, 미리 밀정을 통해 잘 구슬려 놓은 상태라 조용히 넘어갈 수 있었다.

"그래서 자넨 수인이네 머슴이었던 거야?"

얼굴에 기름때가 묻은, 흰머리가 희끗희끗한 조선인 갑판장이 잠입해 들어온 제국익문사의 요원에게 물었다.

"예전에야 그랬습죠. 주인마님께서 3대 독자인 수인 도련님이 끌려가고 나서 제 가족에게 논 열 마지기랑 집 한 채를 주시기로 하셨습니다. 대신 제가 수인 도련님을 대신해 이곳에 오기로 했습죠."

조선인 갑판장이 만약 반감을 가지면 작전 자체가 실패로 돌아갈 수 있다는 걸 알고 있는 제국익문사 요원은 최대한 저자세로 대답했다.

"수인이가 평소에도 일제 놈들에게서 자주독립을 해야 한다고 주장하고 하고 일본어도 곧잘 하더니, 그래도 배운 도련님이었나 보구만. 어차피 저 군복 입은 놈들은 눈치채지도 못할 테니 걱정 말고 일하게. 그래도 좀 그렇구만 돈 때문에 한 달에도 몇 명씩 죽어 나가는 이곳에 대신 오다니 말이야."

"입에 풀칠하기도 힘든 세상에 가족이라도 살 수 있다면 해야지요, 헤헤."

제국익문사 요원이 어색한 웃음을 짓자 갑판장도 쓴웃음을 짓고는 자신의 일을 다시 하기 시작했다.

가와사키마루호에 잠입한 제국익문사 요원은 잠입한 당일부터 일과가 끝나고 주어지는 외출 시간에 군산에 대기하고 있던 제국익문사의 요원과 접촉해 폭약을 넘겨받아 몸속에 숨겨 배로 반입하기 시작했다.

그리고 중경에 있는 제국익문사의 요원 중 선박 전문가에게서 받은 배의 취약점으로 지목된 선수의 닻이 있는 아래층 갑판 기둥 뒤편 같은 안 보이는 곳에 조금씩 설치하기 시작했다.

폭파 지점이 되는 곳에만 기폭장치를 설치하고, 그 주변에는 폭약만 숨겨서 유폭이 일어나도록 유도했다.

야밤에 모두 잠들어 있는 시간에 조심히 움직여 열흘이 넘는 시간 동안 조금씩 설치하니 전부 설치할 수 있었다.

폭약을 설치한 상태에서 2월 1일이 되니, 삼엄한 경비 속에서 검은색 상자들이 선적되기 시작했다.

수송선의 크기가 커 선적할 수 있는 공간은 많았지만, 선적되는 양은 그리 많지 않았다.

"저게 다 뭐라냐?"

"글쎄……. 뭐 귀중한 건가 보네. 뭔지는 말을 안 해 주더라고. 갑판장님은 못 들었수?"

"몰러~. 알고 싶지도 않고. 우린 그냥 조용히 있으면 돼."

갑판에 대기하고 있던 한인 갑판원이 배 위로 올려지는 상자를 보면서 작게 이야기했다.

평소라면 갑판원들이 나서서 옮겨야 하는 것이었지만, 일본 육군 헌병의 삼엄한 경비 속에서 군인들이 운반을 하고 있어서 갑판원들은 갑판 한쪽에 모여 앉아 있었다.

제국익문사의 요원 역시 빛나는 눈으로 운반되는 상자들을 보며 독리의 정보가 정확했음에 감사하고 있었다.

선적이 완료되고도 평소와는 다르게 헌병들이 갑판에, 최

하층에 있는 선창船艙을 통제하려고 초병이 서 있었다.

평소보다 훨씬 무거운 공기가 배 전체를 휘감아 돌았다.

탑승한 헌병대장은 선교船橋에서 선장과 담소를 나누고 있었다.

사위가 어둠에 잠기고, 초병들을 제외한 배의 모든 사람들이 긴장 속에서 취침에 들어가고 몇 시간 지나지 않아 침묵을 깨고 제국익문사의 요원이 조용히 일어났다.

선실은 어둠에 잠겨 있었는데, 화장실을 가는 척 복도로 나오니 작은 불빛이 복도를 비추고 있을 뿐 사방은 기관실에서 들리는 기관의 진동하는 소음만이 들리고 있었다.

발소리가 나지 않도록 최대한 숨죽인 상태로 걸음을 옮겼다.

선미 쪽에 있는 선실과 선수에 있는 폭파 지점까지는 거리가 멀어 주위를 살피면서 걸음을 옮기다 선창까지 내려가는 계단이 있는 중앙으로 갔다.

계단 아래쪽과 갑판으로 통하는 곳에서 인기척이 느껴지기는 했으나 선실이 있는 층은 상대적으로 아무런 감시가 없어서 폭발물이 설치되어 있는 선수까지 아무에게도 들키지 않고 이동할 수 있었다.

가는 길에 딱 하나 있는 창문을 통해서 밖을 보니 전날이 보름이어서 아직은 밝은 달빛에 의지해 육지가 어렴풋이 눈에 보였다.

해수면과 거의 같은 위치에 있는 창문은 바닷물에 잠겼다 올라갔다 했는데, 올라간 사이에 보이는 바깥 모습은 해안가에서 얼마 떨어지지 않은 채 운항을 하고 있어서인지 육지가 살짝씩 보였다.

규칙적인 간격으로 이따금씩 보이는 등대의 불빛이 아직 한반도를 벗어나지 않았음을 알려 주고 있었다.

정확한 위치를 확인하기 위해서는 갑판에 올라가 확인해야 하지만, 처음 계획할 땐 헌병대가 갑판에서 경계를 선다는 정보가 없어 지금은 확인이 불가능했다.

"우라질."

폭발물이 설치되어 있는 선미에 도착한 요원의 입이서 욕이 튀어나왔다. 어디서 스며 나온 물인지 모르나, 폭발물에 물기가 묻어 있었다.

폭발물 자체에 물이 스며든 것은 한번 폭발이 일어나기 시작하면 큰 문제는 아니었지만, 문제는 바닥에 놓여 있던 지연신관이었다.

도화선을 길게 감아서 5분 후에 터지도록 설정되어 있는 지연신관이 들어 있는 통에도 물기가 느껴졌다.

급히 통을 해제하여서 확인하니 안쪽까지도 물이 스며들어 도화선이 젖어 있었다.

'이러면 도화선에 불을 붙여도 중간에 꺼질 가능성이 높다……. 어떡하지?'

어둠 속에 분해되어 있는 지연신관의 부품을 바라보면서 요원은 생각에 잠겼다.

혹시라도 문제가 있을까 폭발 전문가인 자신이 이번 작전에 참가하고 배에 탑승했다.

비상상황에서 폭발물에 대해 대처할 수 있는 사람은 지금 한반도 안에서는 자신이 전부였다.

중경에는 자신이 중경에 있으면서 가르쳤던 제자들이 몇 명 있었다.

지난번 암살 작전 이후 혹시 자신이 이런 유사시가 되어 죽어 버리면 제국익문사 내에 폭발물 전문가가 없다는 걸 느껴서 가르치기 시작했다.

처음에 가르친 건 20여 명이 넘었지만 결국 제대로 이해한 사람은 몇 명뿐이었다.

거기다 이번 작전은 급하게 진행된 관계로 중경에서 사람을 부르지 못하고, 폭발물 제조를 위해 한반도에 들어와 있던 자신이 차출되어 나선 것이었다.

하지만 폭발물 자체가 잘못 설치되어 폭발이 일어나지 않을 걱정만 했지, 지연신관이 물에 젖을 것이라고는 예상하지 못해 추가 지연신관은 준비하지 않았다.

자리에 앉아서 한참을 생각하던 요원은 물건들을 다시 구석에 안 보이는 곳으로 숨겨 놓고 자리에서 일어나 선실로 돌아왔다.

선실로 돌아온 그는 밀정인 조장을 살짝 깨웠다.

"조장, 조장."

"어, 어…… 지금인가?"

잠결에 일어난 조장은 미리 언질받은 대로 폭발이 일어나기 직전에 한인 갑판원들을 데리고 갑판 위로 도망갈 예정이었다. 그래서 자는 걸 깨우자 바로 물어 왔다.

"아니, 10분 후에 실행할 거야. 근데 일이 잘못됐어. 나는 탈출하지 못할 거 같아. 그러니까 당신은 이걸 군산의 요원에게 전달해 줘. 이전에 만나 본 사람알지?"

요원은 뚜껑이 닫혀 있는 펜 하나를 조장에게 넘겨주면서 이야기했다.

"큰일 아닌가? 그럼 실패한 것인가?"

조장은 펜을 받으면서 놀란 표정으로 되물었다.

"아니, 5분 뒤부터 조용히 사람들을 깨워서 준비하고 있다 폭발음이 들리면 바로 탈출해."

탈출을 하지 못하는데, 폭발이 일어난다는 것은 이미 요원은 죽음을 각오했다 뜻이다. 그걸 조장도 눈치채고는 비장한 얼굴로 고개를 끄덕이며 받은 펜을 자신의 품속으로 숨겼다.

다시 선실을 나온 요원은 조용히 발걸음을 옮기다 계단에서 막 올라오던 헌병의 발소리에 멈춰 서서 어둠 속에서 품속의 칼 한 자루를 꺼내서 들고는 기다렸다.

뚜벅뚜벅 올라오던 발걸음은 요원이 서 있는 층에 잠시 멈췄다 다시 갑판을 향해서 올라갔다.

"후우~."

요원은 작은 한숨을 내뱉고는 다시 걸음을 옮겨 선수를 향해 갔다.

폭발물을 설치해 놓은 위치에 도달하니 아까 지연신관을 분해했다 다시 숨겨 놓는 과정에서 부품 몇 개가 누락되어 바닥에 떨어져 있었고, 그 부품들을 일본군 한 명이 앉은 자세로 살펴보고 있었다.

"누……!"

푹-.

비명조차 지르지 못하고 군인은 턱에서 머리까지 단칼에 찔려 놀란 눈빛 그대로 절명했다.

"내가 당신에게 개인적 감정은 없어. 당신이 군인이라면 이해할 거야……. 사과는 곧 따라가서 하지……."

요원은 작은 목소리로 일본 군인에게 말하고 나서 눈을 감겨 주고 마지막 말을 덧붙였다.

시체를 내버려 두고, 요원은 젖어 있지 않은 도화선을 끊어 외갑판 쪽의 폭약이 아닌 내측 기둥에 붙어 있어서 물기가 전혀 없는 폭발물을 다시 외갑판으로 가져다 붙였다. 그러곤 도화선을 연결해 불을 붙일 준비를 마치고, 주머니에서 회중시계를 꺼내 시간을 확인했다.

항해사나 기관사 같은 간부들이 사용하는 층은 이곳보다

2층 더 높은 곳에 있었다.

이 층은 갑판원들과 기관부 항해부에서 잡일을 보는 사람들만 사용하는 층이었기에, 미리 준비를 하지 않으면 폭발이 일어났을 때 탈출이 불가능했다.

그래서 미리 포섭한 인물에게 부탁을 했고, 이제 그가 각각 사람들을 깨우고 있을 것이었다.

군인은 죽어도 상관없었지만, 제국익문사의 철칙이 대한인과 민간인에게는 무슨 일이 있어도 해를 끼치면 안 된다였기에, 최대한 그것을 지키기 위해서 노력했다.

4분, 3분, 2분, 60초…… 30초…… 20초…….

예정된 시간을 향해 무심히 초침이 돌아갔다.

죽음에 대한 무서움보다는 독리가 전하의 말이라고 했던 약속을 지키지 못했다는 후회가 더욱 컸다.

죽음은 이미 제국익문사에 투신하면서 항상 가까이 두고 지냈던 사람이었다.

아니, 제국익문사에 오기 전 장돌뱅이 막내 생활을 할 때, 지게에 방짜유기를 가득 실어서 후들거리는 다리로 함경산맥, 마천령산맥을 넘어 다닐 때부터 함께했던 게 죽음이었다.

선배 장사꾼들에게 맞을 때에도 늘상 따라다녔던 죽음이었다.

산속을 다니면서 단 한 번도 바다 위에서 죽으리라고는 생각해 본 적 없었는데, 정작 죽는 곳은 바다 위였다.

그래도 만주나, 화북, 하와이 같은 남의 땅이 아니라 내 나라의 바다에서 죽을 수 있다는 것에 만족했다.

“하……. 마지막으로 대모님이 끓여 주는 된장찌개가 먹고 싶네.”

시간이 되었음을 보곤 회중시계를 내려놓으면서 말했다.

그러고 이내 얼굴에 웃음을 머금고는 품속에서 작은 성냥통을 꺼내었다.

치익-.

성냥은 작은 손놀림에도 소리를 내면서 붉은 불꽃을 피워 올렸다.

준비되어 있는 도화선에 불을 붙이고는 이제 여한이 없다는 듯 소리를 치기 시작했다.

“샌님아! 나 먼저 간다! 대한 독립 만세! 황제 폐하, 만수무강…….”

펑! 퍼, 펑!

마지막을 다 마치지 못했다, 폭발이 그의 마지막 말을 집어삼켰다.

작은 불꽃에서 시작된 폭탄은 한 번의 폭발로 이어졌고, 그 폭발에 반응하여서 다섯 번의 유폭이 더 있고 나서야 뚫린 갑판으로 바닷물이 쏟아져 들어오기 시작했다.

그것이 짱돌이라는 별명을 가지고 보부상으로 시작해 제

국익문사에 발탁되어 러시아에서 폭탄 제조와 탄약 제조를 공부한 폭파 전문가이자, 함경도, 양간도, 북간도를 아우르는 제국익문사의 상임통신원, 대한제국을 사랑했고 자신의 고향인 북간도의 차가운 바람과 따뜻한 온돌 그리고 된장찌개를 사랑했던 사람, 김용팔의 마지막이었다.

8장

"아직 안 왔느냐?"

"그렇습니다, 전하."

분명 출항을 했다는 편지를 받고 나서 3일이 되었는데, 아무런 연락이 없었다.

이번에 시월이에게 물어본 것을 포함해 며칠 동안 수백 번은 되는 것 같았다.

폭파를 했다면 출항한 그날 밤에 이루어졌을 텐데, 며칠간의 매일신보에는 아무런 말이 없었다.

그렇다고 길거리에 호외가 뿌려지는 소리도 들리지 않았다.

라디오를 켜 놓고 있었는데, 라디오에서도 아무런 언질이 없었다.

동남아시아에서 이루어지고 있는 전쟁에서 연일 승리하고 있음을 알리고, 버마와의 새로운 전선에서도 보쵸케 아웅 산과 함께 버마를 불법 점령하고 있던 영국을 몰아내고 있다고 선전하고 있었다.

하지만 금괴를 실은 배가 침몰을 했다거나, 일본 육군의 수송선이 침몰했다는 기사는 어디에서도 듣거나 볼 수 없었다.

혹시 일이 잘못되어서 체포가 된 것인지 알 수가 없으니 불안한 마음이 계속해서 생겨났다.

물론 요원이 나에 대한 정보를 일본에 넘겨 내가 위험해질 것이라는 생각은 단 한 번도 하지 않았다.

단지 조금의 실수라도 있으면 내 명령에 의해서 내 사람이 죽는 결과에 대한 불안감만이 피어날 뿐이었다.

결국 내가 직접 성심양복점을 방문해 내용을 알아보기 위해 채비할 때에 시월이가 다시 내 방으로 들어왔다.

"전하, 도착하였습니다."

방으로 들어온 시월이는 자신의 품속에서 독리의 인장이 찍혀 있는 편지 한 장을 꺼내어서 내게 주었다.

편지를 받고 바로 뜯어보고 싶었지만, 일단 시월이를 내보내야 했다.

그녀가 내 방에서 아무런 이유도 없이 오래 있으면 남들이 의심할 게 뻔해 내가 편지를 숨기자 그녀는 바로 밖으로 나갔다.

그녀가 문을 닫고 나가자 나는 거의 찢을 듯이 편지를 열어 보았다.

방 안을 덥히기 위해 있는 화로 위에 편지를 가져가 글자가 나타도록 빠르게 열을 쏘였다.

나의 급한 마음과는 다르게 편지의 글자들은 아주 천천히 나타나기 시작했고, 조금 지나자 모든 글자들이 완벽하게 종이 위에 나타났다.

> 예정되었던 작전은 성공하였습니다.
>
> 수장 위치는 일본 헌병대의 감시가 심해져 원래 예정되어 있던 진도 앞바다가 아닌 무안군 비금면(현現 신안군 비금면) 앞바다입니다.
>
> 정확한 위치는 알지 못하나 비금면에서 서쪽으로 10해리海里 정도 되는 앞바다로 파악되었습니다.

여기까지 읽었을 때, 긴장하고 있던 몸이 살짝 풀어지면서 마음속으로 다행이라는 생각이 들었다.

며칠 동안 나를 불안하게 했던 작전이 아주 완벽할 정도로 성공을 해 마음을 푹 놓았다가 그다음 문장을 읽으면서 가슴속이 큰 돌덩이를 넣어 놓은 듯 무거워졌다.

단지 투입되었던 김용팔 상임통신원이 작전 중 종묘사직宗廟社稷을 위해 희생을 감수했습니다.

준비했던 폭발물 중에 문제가 생겨 자신이 직접 폭발을 유도해 그 화마에 휩싸여서 배와 함께 바닷속으로 들어간 것으로 추정됩니다.

이 내용은 저희가 포섭했던 인물이 군산에 도착해 저희 요원에게 건넨 김용팔 상임통신원의 유서에서 알 수 있었습니다.

그 유서를 편지 말미에 똑같이 적어 놓았습니다.

군산에 설치했던 사무사는 폐쇄하고 요원들은 다시 경성으로 돌아와 있습니다.

다음 지시를 기다리겠습니다, 전하.

전하께 송구한 말씀을 올립니다.

하명하셨던 목숨을 소중히 하라는 명을 다하지 못하게 되었습니다. 하지만 제 싼 목숨을 바쳐서 독립의 염원에 한 발 더 다가갈 수 있다면 그것으로 만족합니다.

부디 저를 불쌍히 여기지 말아 주십시오.

전하를 모셨고, 사직을 위해서 죽었습니다. 이것이면 충분합니다.

전하를 끝까지 보필하지 못하는 불충과 독립의 날을 보지 못한 아쉬움은 가지고 있으나, 기쁜 마음으로 이 한 몸 바쳐 독립을 위한 거사를 실행하니 부디 좋은 날이 오면 제 위패에 술 한

잔 올려 주시길 바랍니다.

지하에서 전하의 만수무강과 대한제국의 무궁한 영광을 기원하겠습니다.

부디 성군聖君이 되소서.

독리가 옮겨 적었을 편지를 보는 순간 목이 메임을 느낄 수 있었다.

내 주변의 사람을 떠나보내는 것에는 도저히 익숙해질 수가 없는 느낌이었다.

김용팔 상임통신원을 처음 보았던 순간, 운현궁 지하의 지하 통로에서 긴장한 채 나를 바라보던 그의 얼굴이 떠올랐다.

다부진 사람이 마지막으로 어떤 심경으로 이 편지를 한 자 한 자 꾹꾹 눌러 적었을지 그의 심경이 그대로 전해져 오는 것 같았다.

미래를 위해서 필요한 금괴였고, 분명 그 금괴는 머지않은 미래에 국민을 위해서 쓰일 것이다.

단지 그 돈을 위해 한 사람의 목숨이 대가로 치러졌다는 게 마음이 무거웠다.

"내 그날이 되면 그대를 위해 매년 술을 가지고 찾아가겠소."

금괴를 싣고 일본으로 가던 수송선이 폭파된 지도 10일이 넘게 지났지만, 매일신보를 비롯한 어떠한 신문이나 라디오방송에서도 육군 소속 수송선이 침몰했다는 이야기는 없었다.

언론이 통제되는 세상에 살고 있다는 것을 피부로 느낄 수 있었다. 분명히 있었던 사건이 세상 사람들에게는 없었던 일처럼 보였다.

그럴수록 나는 임무 완수를 위해 자신을 희생한 김용팔 상임통신원에 대해서 기억하기 위해 노력했다.

이미 죽은 사람에게는 아무런 쓸데없는 일일 수도 있지만 그를 상임통신원에서 사기로, 2계급 특진을 추서했다.

부모 형제나 부인, 자녀가 없는 그에게 지금 당장 할 수 있는 것은 그런 것이었다.

독리와 상의해서 추서를 하고, 독립 이후 다시 한 번 서훈을 추서하기로 했다.

공식적인 방송과 신문에는 나오지 않지만 뛰어난 첩보 능력을 가지고 있는 OSS라면 침몰 소식을 접하고, 윤홍섭이 한반도 내에 나름의 세력과 작전 능력을 가지고 있다는 걸 파악했기를 바랐다.

2월 11일 수요일에 경성 경복궁의 경회루에서 건국기념일

建国記念の日 행사가 행해졌다.

점령군인 일본의 건국기념일 행사가, 조선 왕조에서 외국 사절단이 왔을 때 궁궐의 위용을 보이고 사절단을 환영하기 위해 연회를 베풀던 경회루에서 일본인과 민족 반역자들로 가득 채워진 채 진행되었다.

처음에는 중추원의 신년 인사처럼 병환을 핑계로 참석하지 않을 생각이었는데, 이왕직 장관인 이항구의 협박에 가까운 부탁과 참석 예정인 영친왕 이은도 내가 참석했으면 좋겠다는 의사를 보내와서 어쩔 수 없이 참석해 한쪽 구석 자리를 차지하고 앉아 있었다.

"왜 이 구석에 앉아 있느냐? 저쪽에 가서 음식도 좀 먹고 하거라."

본식 행사가 시작되기 전 참여자들이 한 손에 와인이나 맥주를 들고 웃으며 친목 교류를 하는 모습을 보고 있으니 헛구역질이 나 구석 자리에서 앉아 속을 진정시키고 있을 때 이제 막 도착한 듯한 이은이 내게 다가와서 말했다.

"오셨습니까, 숙부님. 몸이 아직 완벽하지 않아서 잠시 쉬고 있었습니다."

"아직도 쾌차하지는 못했나 보구나. 많이 안 좋은 것이냐? 괜히 참석을 권한 것 같구나."

내가 조금 느린 속도로 일어나 대답을 하자 이은이 내게 미안한 마음이 생긴 것인지 안쓰러운 얼굴로 말했다.

내가 일본에 대해서 반감을 가지고 있는 걸 아는 이은이 내게 참석을 강권한 게 별로 마음에 들지 않았는데, 자신은 내게 권한 것이 미안하다는 표정을 지으니 좋게 보이지 않았다.

"조금 힘들기는 하나 저도 숙부님을 오랜만에 뵙는 것도 좋을 것 같아서 나왔습니다."

"그래, 조금 더 쉬고 있도록 해라."

나 혼자 있을 때에는 사람들의 주목을 끌지 않았으나, 이은이 내 쪽으로 오니 파티 참석자의 이목이 끌려서 이쪽으로 오는 기미가 보이자 이은이 딴 곳으로 이동했다.

이은이 이동하자 내 주변은 다시금 조용해졌고, 다 벗겨져 얼마 남지 않은 희끗희끗한 머리카락을 가진 이항구가 비열하게 느껴지는 웃음을 지으면서 내게 다가왔다.

"영광스러운 건국기념식에 참석하셔서 다행입니다, 전하."

"이 장관은 날이 갈수록 머리가 더 벗겨지시는 것 같소."

"크흠, 이왕직을 맡고 있기도 하지만, 천황 폐하께서 직접 남작 위를 하사하셨습니다. 앞으로는 남작으로 불러 주시지요."

이항구는 내 말에 얼마 남지 않은 머리를 쓸어 넘기면서 헛기침을 두어 번 하고는 내게 말했다.

"아, 그랬소? 그럼 그러지요. 바쁘실 텐데 이 구석에 있어도 되는 것이오?"

"영광스러운 천황 폐하의 신하인 이우 공 전하께서 오셨는데, 인사를 하는 것이 순리라 왔을 뿐입니다. 그럼."

이항구는 내가 참석한 것을 눈으로 확인했으면 자신이 할 일은 다 했다는 듯 나를 보고는 다른 쪽으로 가 버렸다.

시간이 지나고 사회자가 본식이 시작됨을 알리자 다들 각자 배정되어 있는 자리로 가서 앉았다.

나 역시 가장 앞줄에 있는 내 자리로 가서 앉자 사회자의 말에 따라 본식이 시작되었다.

기본적인 국민의례가 지나가고, 이항구가 두어 장의 연설 종이를 들고 단상으로 올라섰다.

"일본 제국의 건국기념일 행사에 이왕직 장관으로 참석할 수 있음을 다시 한 번 감사드립니다. 일본 제국과 이왕가는 예로부터 형제처럼 사이좋게 지내왔습니다. 아메리카(미국), 이기리스(영국)는 대동아가 번영하는 것이 두려워 일본 제국과 만주국, 조선 반도를 서로 싸우게 한 것을 잊지 맙시다. 우리가 사이좋게 지내고 서로 도우면 대동아공영은 반드시 이룩될 것입니다. 일본 제국이 이왕가를 위해 서양 열강들의 침략으로부터 지켜 주었듯이 프랑스와 이기리스에게 고통받고 있던 인도차이나반도를 해방시켜 주었고, 아메리카에게 고통받던 필리핀 역시 남은 잔당을 몰아내고 완벽한 해방을 이룰 것입니다. 천황 폐하 명에 따른 황군이 이룩한 영광입니다!"

"와!"

건국기념일인지 승전기념식인지 알 수 없을 정도로 전쟁에서의 성과와 일왕을 추앙하는 말을 하고 나서 큰 소리로 선동을 하자 경회루가 떠나가라 참석자들의 환성 소리가 들렸다.

"제가 선창하겠습니다. 이 모든 영광의 주인이신 텐노 헤이카 반자이!"

함성 소리가 잦아들자 다시금 마이크에 크게 소리쳤다.

"텐노 헤이카 반자이!"

만세 삼창을 하는 동안 나는 남들의 눈에 띄지 않을 정도만 따라 하고 얼른 본식이 끝나기만을 기다렸다.

이항구 이후로도 총독과 정무총감 등 조선에서 한자리 하고 있다는 사람들이 단상 위로 올라서 기념식 축사를 하고 나서야 겨우 기념식 행사가 끝이 났다.

기념식이 진행되는 동안 단 한 번도 금괴 운반선의 침몰에 관해서는 말이 나오지 않았다.

혹시 불령선인들이 준동하고 있다면서 나올지도 모르겠다고 생각했는데, 굳이 보도 통제까지 한 일을 이야기하지는 않았다.

"숙부님, 저는 아직 몸이 좋지 않아 먼저 가도록 하겠습니다."

나는 본식이 끝나자마자 바로 옆에 있던 이은에게만 인사했다.

“그래, 얼른 가 보도록 해라. 조금 천천히 이야기를 했으면 좋겠는데, 이번 일정이 바로 오사카로 돌아가야 하니 다음에 대화하자꾸나.”

이은은 먼저 일어나는 내게 아쉬운 표정으로 말했다.

“다음에 뵙겠습니다, 숙부님.”

본식이 끝나고 참가자들이 오가면서 이야기를 시작해 소란스러운 틈에 경회루를 벗어나 근정전으로 가니 수행원들이 모여 있는 곳에서 하야카와와 배중손이 나를 발견하곤 다가왔다.

“일찍 나오셨습니다, 전하.”

“아직은 오래 나와 있으니 힘이 드는군. 어서 가도록 하지.”

내 말에 배중손이 차를 준비하러 뛰어갔다.

“오라버니, 사동궁으로 가실 시간이에요.”

후원으로 향하는 창호문을 열어 놓고, 찬 바람을 맞으며 생각에 잠겨 있을 때 찬주가 다가와서 말했다.

“진완이는 가지, 이번에도 가지 않는다고 하던가?”

“아가씨는 후실의 딸인 자신이 갈 곳이 아니라고 사양하며, 설은 평소와 같이 친어머니 댁에서 쉰다고 하네요.”

설날 전에 얼굴을 보기 위해 와 있던 이준 공의 딸, 즉 호적상으로는 나의 이복 여동생이 되는 이진완은 자신이 첩의 딸이라는 생각이 있어서인지 사동궁으로는 같이 가지 않고, 어머니인 전순혁 여사에게 가서 매년 설을 보내고 있었다.

올해도 특별히 이상한 것 없이 언제나와 같이 설날 전에 운현궁으로 와 나와 식사를 한 끼 하고, 전순혁 여사에게로 갔다.

이준 공의 부인이자 양어머니인 광신 김 씨는 사동궁에서 덕인당 어머니와 다른 사동궁의 여인들과 함께 생활하고 있었고, 전순혁 여사는 따로 집을 지어서 생활하고 있었다.

운현궁을 계승한 나에게는 이준 공의 부인들과 딸인 이복동생 이진완의 생계를 책임질 이유가 있어 운현궁의 가계에서 그들의 집과 생활비를 제공하고 있었다.

"함께 가도 괜찮은데……. 처제와 처남들은 함께 가기로 했지?"

평소 교류가 잦은 찬주의 여동생 찬옥과 남동생 찬범, 찬익이 설 전날이라고 인사차 방문해 있었고, 그들도 사동궁의 내 형제들과도 잘 아는 사이라 자주 만났기에 물었다.

"네, 같이 가려고 준비하고 있어요. 오라버니도 어서 준비하세요."

찬주의 말에 사동궁으로 갈 준비를 하고, 처제와 처남, 아이들까지 준비를 마치자 차를 타고 사동궁으로 출발했다.

운현궁에서 종로로 가는 길 사이에 있어 가까운 거리였고 걸어가도 충분했지만, 차를 타고 이동하면 경호에 용의하다는 이왕직의 요구로 경성 안에서 공식적으로 이동할 때는 항상 차를 타고 이동했다.

수련이를 내가 안아 들고 차에서 잠시 장난을 치는 사이에 금방 사동궁에 도착했다.

운현궁은 다시 헌병이 외곽 경비를 하고 있었는데, 사동궁은 종로경찰서의 순사들이 경비를 보고 있었다.

내가 탄 차가 들어서니 별다른 제지 없이 바로 경례를 하는 것으로 통과를 시켰다.

사동궁은 운현궁의 몇 배가 넘을 정도로 크기가 컸는데, 한 채의 양관과 수십 채의 한옥으로 이루어져 외곽의 담장만 없으면 그냥 하나의 마을처럼 보일 정도였다.

"어서 오십시오, 이우 공 전하, 공비마마."

차에서 내리니 사동궁 어머니 덕인당의 오랜 친구이자 나인인 박 상궁이 새끼 나인 두 명을 데리고 나를 마중 나와 있었다.

"박 상궁, 오랜만이야. 아버지는 도착하셨어?"

이우 공의 기억 속 박 상궁은 어린 시절부터 보아 온 사람으로, 어머니들만큼이나 편한 사이어서 내게도 친근하게 느껴져 저절로 반말이 나왔다.

"조금 전 개성에서 출발하신다고 연락이 오셨습니다, 전하."

"그래? 그럼 저녁때나 되어야지 도착하시겠네. 동생들은 전부 왔어?"

"형길 도련님과 경길 도련님은 이번 해는 못 오신다고 전보가 왔었습니다. 다른 도련님, 아가씨는 다 도착하셔서 만오당晩悟堂에 모여 계십니다, 전하."

"알겠어. 박 상궁은 바쁠 텐데 볼일 보러 가."

내 말에 박 상궁은 내게 인사를 하고는 사동궁 양관으로 들어갔다.

아이들을 유모에게 맡기고는 찬주와 찬주의 동생들을 데리고 사동궁 중앙에 위치한 만오당으로 발걸음을 옮겼다.

만오당의 마당으로 들어가자 나를 발견한 동생들이 마당으로 내려오며 큰 소리로 인사했다.

"오라버니!"

"운현 오라버니!"

"형님!"

"그래그래, 다들 오랜만이구나. 길순이는 시집가더니 얼굴이 더 좋아진 것 같구나. 흥길이도 얼굴이 좋아진 것을 보니 계수季嫂씨가 좋은 것을 해 주나 봐……."

아홉 명에 이르는 동생들과 한 번씩 인사를 나누는 것만 해도 한참의 시간이 흘러갔다.

"길상아, 오라버니가 왔는데, 제대로 인사도 안 해 주는 것이냐?"

아직 나이가 열세 살로 어린 다섯째 여동생 길상은 내게 잠깐 인사를 하고는 수련이의 모습에 빠져 있었다.

"오라버니, 인사는 드렸잖아요. 조카님이 더 예뻐진 거 같아요."

내 핀잔에 토라진 듯 대충 말하고는 사랑스러워 죽겠다는 표정으로 수련이를 바라봤다.

"누구 딸인데, 당연히 예쁘지."

길상은 내 말은 관심없다는 듯 아이의 얼굴만 바라보면서 장난치고 있었다.

남동생 네 명, 홍길, 창길, 수길, 명길과 여동생 다섯 명 길순, 길운, 길연, 길영, 길상에 나까지 총 열 명의 형제자매에, 길순의 남편과 홍길, 창길의 부인들, 찬주와 찬주의 동생들 세 명까지 총 열일곱 명의 사람이 모이니 서로서로 정신없이 이야기를 주고받았다.

찬주의 동생들도 어린 시절부터 잘 알고 지냈고 친하게 지내서인지 대화에 자연스럽게 동참해서 서로의 안부를 주고받았다.

"운현 형님."

동생들은 나를 다른 형제자매들처럼 아명이 아닌 운현궁에서 궁을 땐 운현으로 불렀다.

어린 시절 운현궁의 이준 공의 양자로 들어가 아명보다는 운현궁 이우 공으로 더 많이 불리다 보니 형제자매들도 아명

보단 운현이라는 이름에 더 익숙해져 있었다.

"그래, 수길아, 정말 오랜만이구나."

"가까운 나고야에 있으면서도 못 찾아뵈어 송구했습니다, 형님."

동복同腹의 친동생인 이주가 머쓱하게 머리를 긁적이면서 말했다.

"다들 바쁘니 어쩔 수 없는 것 아니겠냐? 신경 쓰지 마라. 근데 아내는 함께 오지 않은 거냐?"

"치에코千枝子는 아이들이 어려서 움직이기 힘들어 혼자 왔습니다."

"그래, 조심해야지. 어릴 때는 오랜 여행은 좋지 않지. 회사는 다닐 만하냐?"

왕실의 종친은 일본에 부역해서 많은 부를 이루거나, 아니면 조용히 공부를 해서 일하는 사람, 그리고 조선 시대부터 가지고 있던 자산으로 먹고사는 사람들로 나뉘어 있었다.

왕실가 촌수가 많이 멀어지지 않은 사람들 대부분은 어느 정도 재산이 있어서 먹고사는 데 지장이 없었다.

의친왕 이강의 집안인 사동궁은 자손이 십수 명이여서 궁에서 함께 살거나, 밖으로 나가 호구지책을 알아서 해결하는 사람으로 나뉘었다.

동복동생인 이주李鑄(아명 수길)와 이곤李錕(아명 명길)은 학창 시절 공부할 때까지만 지원을 받고 지금은 독립해 각각 부산과 나고야에서 생활하고 있었다.

이들은 이우만큼 독립에 적극적이거나 하지 않았지만, 그렇다고 적극적으로 일제에 부역하지도 않는 이 시대에 순응해서 살아가고 있는 사람이었다.

이주의 아내가 일본인인 것만 봐도 특별히 독립 투쟁을 해야겠다는 생각을 가지지 않은 것이었다.

형제들이 재미나게 이야기를 하고 있을 때 박 상궁과 함께 들어온 사진사가 마당으로 걸어왔다.

이번 모임 이후로 한동안은 내가 가족들의 모임에 참여하지 못할 것이라 혹시라도 내가 잠행 중에 사고를 당하면 이 사진이 마지막일지도 몰랐다. 그래서 내가 부른 사진사가 들어온 것이었다.

"다들 이쪽으로 와서 사진 한 장 찍자꾸나."

"운현 오라버니, 웬 사진이에요?"

"이렇게 많은 형제가 모이는 것도 힘이 드는데, 함께 사진이라도 한 장 찍어 놔야지 않겠느냐?"

"다들 모이시래요~."

아이들이 추워해서 방 안에 들어가 이야기하고 있던 찬주와 여자 형제 중 일부도 전부 밖으로 나왔다. 그들도 갑작스러운 사진사의 등장에 잠깐 놀라다 마당으로 모였다.

사진사가 카메라의 준비를 끝나자 남자들은 앞줄에 쪼그려 앉고, 뒷줄에는 여자들이 서는 대형으로 사진을 찍었다.

오랜만에 모인 형제들의 얼굴에는 웃음이 끊이지 않았고, 사진을 찍는데도 다들 해맑은 표정으로 찍었다.

전체 사진을 찍고 나서 부부가 함께 온 형제들은 부부끼리 사진을 찍었고, 우리 가족도 아이들까지 전부 함께 한 사진을 한 장 찍었다.

"사진은 아이들을 제외하고 찍힌 사람들의 수대로 현상해 주게."

사진을 전부 찍고 나가는 사진사에게 이야기했다.

사진을 찍고 나서도 형제자매들의 이야깃거리는 끊이지 않았다.

거기다 방금 찍은 사진에 대한 이야기까지 보태지니 개성에서 오신 아버지 의친왕 이강이 도착할 때까지 시간이 금방 지나갔다.

박 상궁이 아버지가 도착하였음을 알려 왔고, 만오당에 모여 있던 형제들과 양관에서 다음 날 있을 설날 차례 준비를 하던 어머니들과 상궁들까지 전부 양관 앞으로 모여 의친왕 이강의 도착을 환영했다.

롤스로이스를 타고 온 이강은 검은색 양복과 두꺼운 외투를 입고 차에서 내렸다.

"아버지, 그간 평안하셨습니까?"

"우야! 그간 너무 격조隔阻했어. 한 번쯤은 개성을 찾아올 만도 했지 않느냐?"

많은 사람들 중 나를 발견하고는 내게 다가와 나를 끌어안으면서 이야기했다.

"그동안 일제에 묶여 있는 몸이어서 개성으로 가기가 힘들었습니다. 죄송합니다, 아버지."

"그래그래, 그게 네 잘못만 있겠느냐 들어가자."

40여 명에 가까운 사람의 환대를 받으면서 양관으로 들어섰다.

가족이다 모인 자리에서 함께 식사를 했다.

아직 남녀평등 문화가 이루어져 있지 않아서인지 남자들과 여자들이 같은 공간에서 밥은 먹으나, 밥상을 따로 나눠서 먹었다.

저녁을 먹으면서 가벼운 이야기를 주제로 대화를 했다.

"다들 마작이나 한판하자."

이친왕 이강은 가족과 마작을 즐기는 것을 좋아했는데, 식사를 마치자마자 자리에서 일어나 마작상이 있는 방으로 자리를 옮기며 말했다.

"자, 이 돈을 상금으로 걸 테니 오늘 이기는 사람이 전부 가져가는 것이다! 그쪽에도 참가하고 싶은 사람은 상을 한두 개 더 깔고 시작하도록 해라. 우는 이쪽으로 와서 앉고."

우리 테이블에는 나와 큰딸인 길순이, 후처인 김혜수金惠洙가 한자리에 앉았다.

김혜수는 최근 의친왕 이강이 가장 총애하는 후궁이었다.

당호도 아직 받지 않은 후궁으로, 개성에서 친어머니인 수인당 김홍인과 함께 생활을 하고 있었다.

이번 마작에는 부인 중에선 유일하게 참여한 사람이었다.

"평소와 같이 각 자리당 50점을 가지고 시작해 승자끼리 모여서 다시 게임을 하는 걸로 하고, 시작하지."

네 개의 마작상이 설치되고, 열여섯 명의 사람이 마작을 시작했다.

"자~. 펑! 감사합니다. 의친왕 전하께서 쏘아입니다."

"자, 좋은 거 하나 주세요~."

"론! 대삼원!"

게임이 시작되자 게임하는 소리와 잡담이 홀을 가득 메웠다.

어느 정도 시간이 지나가자 각 마작상에서 승자들이 나오기 시작했다. 우리 상에서는 마지막까지 남아서 버티던 나를 이기고, 후처인 김혜수가 승리를 가져갔다.

"이긴 사람들은 이 상에 모여서 상금의 주인을 가리도록 하자. 우야, 너는 나랑 담배나 하나 태우러 가자."

우리 자리가 가장 늦게 끝이나 내가 패배를 하자마자 의친왕이 직접 자리를 정리해서 승자들 간의 자리를 마련해 준 후에 내게 다가와서 말했다.

이때까지 마작을 하는 자리에서 담배를 피우고 있어 진짜 담배를 피우러 가자는 게 아니고 조용히 이야기를 하자는 거란 걸 알아채고 의친왕을 따라 자릴 옮겼다.

9장

양관을 나온 의친왕은 수많은 전각들 사이로 걸음을 옮겨 한쪽 구석에 있는 작은 전각으로 들어갔다.

전각으로 들어서자 상석에 친어머니인 수인당 김흥인이 앉아 있었고 그 앞에 처음 보는 60대 정도로 보이는 남자와 40대 중후반 정도로 보이는 남자가 앉아 이야기를 하고 있다가 내가 들어오자 전부 자리에서 일어나 나를 맞이했다.

"상운아, 어서 오너라!"

"어머니, 그간 평안하셨습니까?"

"그래, 잘 지냈단다."

어머니와 인사를 마치고 나서 내가 두 사람을 의문의 눈길로 바라보자 의친왕이 내게 자리를 권하면서 말했다.

"자 자, 다들 전각을 튼튼하게 지어 안 무너지니 자리에 앉게. 우 너도 이쪽에 앉거라."

의친왕이 상석에 앉고 나는 그 옆자리에, 어머니 수인당은 반대쪽 옆자리에 앉았다.

우리가 자리에 앉자 두 사람도 자신들이 원래 앉아 있던 자리에 앉았다.

"명절을 앞두고 오라고 부탁해 미안하네. 두 사람 모두 와 주어서 너무나도 고마워. 이쪽은 운현궁의 종주이자 사적으로는 내 아들인 이우, 두 사람 다 잘 알고 있을 테고, 이쪽은 경주에서 온 문파汶坡 최준이고, 이쪽은 진주에서 온 효주曉洲 허만정이네. 대동단 단원이었던 사람들로, 대동단이 해체되고 나서도 나와는 계속해서 교류를 하고 있는 사람들이야. 인사들 하게."

의친왕은 60대로 보이는 남자를 최준이라고, 40대 중반의 남자를 허만정이라고 소개했다.

두 사람 다 분명 들어 본 적이 있는 이름이어서 고민을 했지만 정확하게 떠오르지는 않았다.

"아닙니다. 어차피 왜놈들 때문에 설날을 지낼 수 없어 저희 집안도 지난 양력설에 제사를 지냈습니다. 이우 전하, 저는 문파 최준이라고 합니다. 전하를 직접 뵈오니 기개가 헌앙하신 게 전하 같은 분만 있다면 조선의 미래가 밝아 보입니다."

최준이 자신을 소개하는데, 경주 그리고 최씨라는 단서가 있어 혹시나 하는 생각을 들게 했다.

"만나서 반갑습니다. 이우입니다. 문파 선생께서는 혹시 경주 최 부자의 후손이신가요?"

"소인의 집안을 아십니까……? 조상의 도움으로 분에 넘치게도 경주 최씨 정무공파의 12대 종손宗孫을 맡고 있습니다."

혹시나 하고 되물었는데 12대 종손이란 그의 대답이 그가 당대의 최 부자임을 알려 주었다.

"아! 경주 최 부자 집안이라면 저도 잘 알지요. 팔도에 최 부잣집을 모르는 사람이 있을까요."

"과찬의 말씀이십니다, 허허."

나는 최 부잣집의 명성은 현대에 있을 때도 들어 봐서 전혀 과하다고 생각하지는 않았다.

최 부자가 말을 마치고 나자 옆에 서 있던 사람도 자신을 소개했다.

"진주 솥바윗골에서 살고 있는 효주 허만정입니다. 잘 부탁드리겠습니다, 전하."

경주 최부잣집처럼 알고 있는 사람이었다면 알은척을 했을 텐데, 기억 속을 아무리 뒤져 봐도 허만정이라는 이름은 기억이 나지 않았다.

"이우입니다. 만나서 반갑습니다. 효주 선생은 죄송하게

도 제가 잘 알지 못하겠군요."

"모르시는 것이 당연하옵니다. 수십 대에 걸쳐서 의義와 베품을 행한 최 부자에 어디 비하겠습니까? 저희 집안은 그냥 돈 조금 가지고 있는 수준이지요. 그래도 시대가 시대이다 보니 의로운 일을 하기 위해서 노력하고 있습니다, 전하."

효주 허만정은 조심히 겸양을 표하면서 말했다.

그의 말이 마음에 들지 않았는지 최준이 말을 했다.

"효주 이 친구의 집안도 소인의 집과 마찬가지로 베푸는 일을 즐겨 하고, 의를 위하는 집안입니다. 경상도 근방에서는 모르는 곳이 없습니다, 전하."

"대단하시군요. 이 어려운 시기에도 베품을 행하다니, 일단 앉아서 이야기하시지요. 저희가 더 이야기를 하면 아버지께서 화를 내실 것 같군요."

우리 세 사람이 인사를 위해 일어나는 바람에 선 채로 대화를 나누고 있어 자리에 앉아 있는 의친왕이 민망할까 해서 약간의 농담을 섞어서 이야기하니, 두 사람은 미소를 짓고는 자리에 앉았다.

자리에 앉고 나서 의친왕이 이야기하기 시작했다.

"우야, 너는 백산상회라고 알고 있느냐?"

백산 안희제가 세운 백산무역주식회사는 역사를 공부하면서 알게 된 기업이었다.

한때 임시정부에서 쓰는 돈의 60퍼센트를 책임지던 회사로, 합법적인 형태로 일본의 감시망을 피해 돈을 임시정부로 보냈다고 기억했다.

"백산 안희제 선생이 만든 회사를 말씀하십니까?"

"그렇지. 그 회사를 만드는 데 거의 모든 돈을 지원한 사람이 여기 있는 이 두 사람이야. 이 두 사람의 돈을 백산상회를 통해서 중국으로 보냈지. 내가 이 두 사람을 부른 이유는 성재가 너를 도와주고 있지만, 중경에 가게 되면 왕실이란 이유로 많은 반발에 부딪치게 될 것이기 때문이야. 이 두 사람이 임정에 미치는 영향이 크니, 임정에서 네 입지를 구축하는 데에 많은 도움이 될 거야."

"감사합니다, 아버지."

"왕실 종친이라고 해서 다 같은 것은 아닙니다. 이완용같이 나라를 팔아먹은 사람은 죽여 마땅하겠지만, 의친왕 전하와 같이 자주정신과 독립운동에 물심양면으로 도움을 주고 계시는 분이라면, 임정에서도 당연히 받아들여야지요. 의친왕 전하의 뜻을 잇는 분이시니, 저희가 힘닿는 대로 도움을 드리겠습니다."

효주 허만정은 걱정하지 말라는 듯 내게 말을 했다.

"그럼 잘 부탁하네. 이런 이야기는 듣는 귀가 적은 게 좋겠지. 이야기하고 나오시게."

소개를 마친 의친왕은 자리에서 일어나며 수인당과 함께

방을 나섰다.

의친왕이 나가고 나서 두 사람과의 대화는 주로 임정에서 누가 우리와 뜻을 함께하는 사람인지, 중경으로 가면서 누구를 만나야 하는지에 대해서 이야기하는 것에 집중됐다.

대화가 끝나고 나서 궁금한 것이 생겨 질문을 했다.

"지금 그러면 임정으로 가는 자금은 어떻게 보내고 있습니까?"

백산상회가 일제에 의해서 해체가 되고 난 이후에 어떻게 돈을 보내고 있는지 궁금했다.

중일전쟁이 일어나고부터는 중국으로 가는 인편이 쉽지 않아 나도 중경의 성재 이시영과 연락이 미국과의 편지보다 더 오래 걸리는 상황이었다.

"이전처럼 정기적으로 보내지는 못하고 있습니다. 부정기적으로 임정에서 사람이 찾아오거나, 주변에 임정으로 합류하고 싶어 하는 사람이 오면 함께 보내고 있습니다."

문파 최준이 내 질문에 대답했다.

이 사람들의 상황은 나보다 더 열악한 것 같았다.

그래도 제국익문사는 긴 시간이 걸리기는 하지만, 정기적으로 오가는 인편이 있었다.

"그럼 제가 정기적으로 보낼 수 있도록 도와 드리지요."

"중경으로 말씀이십니까?"

효주 허만정이 놀란 듯 되물었다.

"의친왕 전하께서는 잘 알지 못하나 저도 저 나름대로 조직을 가지고 있습니다. 그들도 중경에 훈련소를 두고 교육을 하고 있어 정기적인 인편이 오가니, 기간은 오래 걸리더라도 정기적으로 돈과 편지를 주고받을 수 있을 겁니다."

두 사람은 내가 중경에서 교육을 하고 있는 조직이 있다 하니 놀란 표정으로 나를 바라봤다.

이들이 생각하기에 나는 왕족 중 몇 안 되는 독립운동을 마음속에 품고 있는 사람이었지만, 특별히 어떤 행동을 하고는 있지 않다고 생각했던 것 같다.

"단체까지 가지고 있으셨습니까?"

"작지만 나름 힘이 있는 곳이지요. 종로의 성심양복점 본점으로 가서 이 패를 보여 주면, 중경과 연락을 주고받을 수 있도록 조치를 해 줄 것입니다."

두 사람에게 호이초 한 줄기가 그려진 나무패를 주니, 효주 허만정이 받아서 챙기면서 대답했다.

"성심양복점이라면 경성에서 가장 양복을 잘 만드는 곳이 아닙니까? 그곳도 관련이 있습니까?"

효주 허만정의 질문에 말없이 웃음으로 대답했다.

"소인이 이우 전하를 너무 얕게 보았던 것 같습니다. 잠시 기다려 주시겠습니까?"

"그리하지요."

문파 최준은 옆에서 대화를 하는 것을 듣고 있다 그렇게 말하고는 내 대답을 듣자마자 돌아앉아서 품속에서 편지 하나를 꺼내더니 뜯어서 내용 일부에 줄을 긋고 다시 글을 써 내려가기 시작했다.

그런 그의 모습에 옆에 앉아 있던 효주 허만정의 얼굴에서 놀라움이 나타났다.

한참 동안 편지를 고친 문파 최준은 그 편지를 다시 갈무리해서 내게 주었다.

"이것을 백범 선생에게 주시면 전하의 뜻을 펼칠 수 있게 도움을 주실 것입니다."

"고맙소."

최준이 준 편지를 갈무리하고 나서 대화를 마쳤다.

대화를 마치고 밖으로 나가니, 하인 한 명이 우리를 기다리고 있었다.

"의친왕 전하께서 이야기를 마치시면 양관으로 오시라고 전하셨습니다. 그리고 두 분은 제가 안내를 하도록 하겠습니다."

하인의 말에 두 사람과의 마지막 인사를 나누기 위해 그들을 보면서 말했다.

"좋은 날이 오면 다시 만나도록 하지요. 해 뜨기 전이 가장 어두운 법입니다. 부디 뜻을 놓지 마세요."

"전하 같은 분을 뵈올 수 있어서 영광이었습니다."

"광명을 찾으면 다시 뵙겠습니다, 전하."

내 인사에 문파 최준이 먼저 응답을 했고, 뒤이어서 효주 허만정도 내가 내민 손을 잡으면서 인사를 했다.

하인의 안내를 받아 사동궁을 벗어나는 두 사람을 뒤로하고 양관의 마작을 하고 있는 곳으로 돌아가자, 어느덧 마작 상금의 주인공이 정해져 가는지 두 사람이 마작을 하고 있었다.

그 마작상을 모든 가족이 둘러싸고 구경을 하고 있었고, 한쪽 구석의 탁상에 앉아 담배를 피우고 있는 의친왕은 그런 가족들의 모습을 미소 지은 얼굴로 바라보고 있었다.

"저런 밝은 얼굴이 우리 전 동포에게 생겨야 할 텐데……."

내가 의친왕 옆자리에 가서 앉자 의친왕이 조용한 목소리로 말했다.

"얼마지 않아 자주독립을 하면 그리되지 않겠습니까?"

"그 시간이 빨리 와야지, 동포들의 고통이 이루 말할 수 없을 정도로 힘들어."

"소자가 노력하겠습니다."

의친왕은 내 말에 피우던 담배를 한 손에 들고는 나를 물끄러미 바라봤다.

"넌 절대로 죽으면 안 된다. 내가 개성에서 여러 독립운동가들을 만나면서 느꼈던 것은 좌우 갈등이 너무 심하다는 거야. 일제라는 공적公敵이 있는 상태에서도 서로 화합을 하지 못할 정도로 심각한 갈등이 있으니, 공적이 없는 상태가 되면 그 갈등이 우리 동포를 둘로 갈라놓을 수도 있어. 왕족 중에서 유일하게 오염되지 않은 네가 없다면, 우리 동포를 하나로 모을 힘이 없어. 그러니 절대 죽으면 안 된다."

한 손으로 담배를 주기적으로 피우면서 의친왕은 내게 당부하듯 말했다.

"소자, 아버님의 말씀을 명심하겠습니다."

"네가 말했던 계획이 너무 위험해 처음에는 반대를 할까도 생각했으나, 전선에서 그들과 함께 뛰지 않으면 그들을 설득하기가 힘드니 어쩔 수 없이 허락했느니라. 그러니 제발 또 제발 몸을 조심해라."

"네, 아버지, 명심하겠습니다."

의친왕과 대화를 하는 사이에 가족들이 모여 있는 마작상에서 환호가 터져 나왔다.

그 가운데 앉아 있던 삼남 이방(홍길)이 자리에 일어나 환호를 하는 것으로 자신이 이겼음을 표현했다.

그러자 의친왕이 자리에서 일어나 그곳으로 다가가면서 말했다.

"오늘은 홍길이가 이겼구나. 축하한다."

"아아, 들리나요~?"

깔때기 모양 종이를 귀에 대고 있는 청이를 보니 내 목소리가 들리기 시작하자 조금씩 눈이 커지면서 놀랐다.

청이가 귀에 대고 있는 깔때기와 실로 연결된, 내가 들고 있는 깔때기에 계속해 말했다.

"이청 군은 소리가 들리면 깔때기를 입에 대고 대답해 주세요~."

"아부지! 들렸어요!"

청이가 외치는 소리가 너무 커서 깔때기를 통해서 들리는 것보다 바로 들리는 게 더 컸다.

"하하, 종이전화로 이야기를 해야지 그렇게 목소리를 크게 하면 어떡해? 조용히 말해 보거라."

내 말에 청이는 자신이 무엇을 잘못했는지 깨달았는지 고개를 크게 끄덕이고는 다시 종이 깔때기를 입으로 가져갔다.

"아부지, 들렸어요."

"그래, 잘 들린다니 다행이구나."

청이는 작은 실과 종이로 만든 전화기가 신기한지 나와 대화가 끝나고 나서도 유모에게 넘겨주고 또다시 종이전화기로 무언가 대화를 했다.

설날이 지나고도 아직은 날씨가 풀리지 않아 어린 이청과 수련은 밖으로 나가지 못하고, 집 안에서만 놀고 있었다.

그런 청이의 무료함이 내 눈에도 보여 내가 어린 시절 유치원에서 만들어 봤던 종이컵 전화와 비슷하게 종이로 깔때기를 만들어 실을 연결해 주었더니, 좋은 장난감이 되어 청이가 재밌어하면서 가지고 놀았다.

"오라버니는 저런 걸 어떻게 알고 계셔요?"

찬주는 수련이를 품에 안고 청이와 놀아 주는 나를 바라보다 내가 수련이를 보기 위해 자신에게 다가오니 물어 왔다.

"응? 아~. 저건 학생 시절에 교류하였던 동경공업대학에 다니는 녀석에게 배운 거야."

이우 공이 아는 사람 중에 동경공업대학에 다닌 사람이 한 명 있기는 하였으나, 그 사람에게 배우지는 않았다.

미래에서 배웠던 걸 특별히 설명할 방법이 없어 진실과 거짓을 섞어서 둘러댔다.

"저한테는 딱히 말씀이 없으시더니, 그런 분이 계셨네요. 저런 간단한 것으로 말을 전달한다니 신기하네요."

찬주에게 거짓말을 하는 게 조금 걸리기는 하였으나 대충 미소로 말을 넘겼다.

"전하, 이왕직 장관 이항구 남작이 찾아왔습니다."

찬주와 이야기를 하고 있을 때 하야카와가 와서는 내게 말했다.

"장관이? 무슨 일이라고 하던가?"

"궁내성에서 천황 폐하의 명이 내려와 가지고 왔다고 합니다."

특별히 일왕가에서 올 만한 일이 떠오르지 않아 갸웃했다.

잠시 생각해도 딱히 떠오르는 일은 없었다.

“노락당으로 갈 테니 잠시 기다리시라고 전하게.”

“알겠습니다, 전하.”

하야카와가 나가고 나서 자리에서 일어나니 찬주가 따라 일어나서 나의 옷을 준비해 주었다.

집 안에서 있을 때에는 편안한 복장으로 있어 이왕직 장관을 만나기 위해서는 옷을 갈아입을 필요가 있었다.

옷을 갈아입고 노락당으로 가니 이항구가 마루에 앉아서 나를 기다리고 있었다.

“전하, 병환은 많이 나아지셨습니까?”

“요즘 들어 자주 보는 것 같소, 장관.”

내가 자신의 질문에는 대답하지 않고 말하자 그의 표정이 일순간 일그러졌다 다시 평범하게 돌아왔다.

“이왕직 장관으로서 한 달에 한 번은 전하를 찾아뵈었어야 하는데 소홀했던 것 같습니다, 전하.”

“안으로 들어가서 이야기하지.”

노락당을 비울 때마다 문제가 될 만한 물건들은 정리해 치웠기에 별다른 걱정 없이 이항구를 노락당의 침실 맞은편 손님을 맞는 공간으로 데리고 들어갔다.

“아직도 양관을 사용하지 않는 것입니까?”

원칙적으로는 왕족에게 먼저 질문을 하는 것도, 말 말미에 전하라는 경칭敬稱을 붙이지 않는 것도, 등 뒤에서 말하는 것도 예법에 어긋나는 일이었지만, 이항구는 이를 지키지 않으면서 나를 무시하는 것을 표출해 마치 내가 그것을 지적해 주기를 바라는 듯해서 굳이 그것을 지적하지는 않았다.

"양관은 영~ 정이 가지 않아, 한옥이 포근하고 따뜻한 것과는 다르게 말이야. 그래서 사용하지 않는다네."

상석에 양반다리로 앉아 이항구의 얼굴을 보고 말했다.

내가 자리에 앉자 그도 내 맞은편에 와서 앉았다.

"그래도 이런 구시대의 건물보다는 양관이 훨씬 편하실 텐데 고집이 있으십니다. 고 이준 공이 양관을 지으실 때 신경써서 일본의 기술자까지 데리고 와서 만드신 것이라 생활하시기에는 더없이 편하실 텐데, 비워 놓으니 안타깝습니다, 전하."

"난 영 불편하더군."

"동경의 운현궁 별저에서는 편하게 생활하신 것으로 들었는데, 이곳이 그곳보다 더 잘 지어져 있습니다. 한번 사용해 보시지요."

이항구는 이상하다는 듯 고개를 갸웃하면서 내게 말했다.

평소에 나에게 감정이 좋지는 않으나 이 정도는 아니었는데 약간 이상했다. 오늘의 이항구는 대놓고 시비를 거는 듯한 느낌이었다.

그러다 떠오른 게 있어서 설마 하는 생각으로 말을 꺼냈다.

“이 남작께서는 이왕직 장관으로서 굉장히 바쁜 것으로 알고 있는데, 내 집을 옮기라고 오신 것이오?”

설마 호칭 때문에 그런 것인가 하고 약간의 경칭을 섞어서 말하니, 이게 정답이었다는 듯 그의 표정이 밝아지면서 대답했다.

“아닙니다, 전하. 전하가 운현궁의 어디를 사용하시는 것이야 전하의 뜻이지 제가 관여할 부분이 아닙니다, 전하. 제가 방문한 이유는 궁내성에 보내온 것이 있어서입니다. 여기 이 서류는 4월에 떠나실 예정인 시찰 일정에 대한 것이고, 이것은 귀족원에서 보내온 친서입니다, 전하.”

설마하니 나이 예순 살을 넘게 먹은 노인이 호칭 하나 때문에 삐져서 시비를 걸었다고 생각되니 황당했다.

남작이나 장관이나 어차피 그게 그거일 텐데 이항구 본인은 꼭 남작으로 불리고 싶었던 것 같았다.

그의 어처구니없음에 황당해하면서 그가 건넨 서류와 편지를 확인했다.

“시찰은 듣지 못했는데, 궁내성은 내가 요양 중인 것을 까먹은 것인가?”

조만간 야스히토나 고노에 후미마로를 자극해서 만주국이나 남경국민정부南京國民政府의 최전방 전선을 방문할 생각을 가지고 있었는데, 내가 손을 쓰지도 않았는데도 그 기회가 찾아왔다.

하지만 내가 너무 덥석 물면 이상하게 생각할 것 같아 일부러 튕기듯 말했다.

"일전에 건국기념일에 참석하신 전하를 뵈오니 많이 쾌차하신 것 같아 궁내성에서 물어 오기에 사실대로 이야기하였습니다, 전하."

"아니, 의사가 요양하라 했는데, 이 남작이 보기에 괜찮다고 궁내성에 그리 알리면 어떡하오?"

"전하의 주치의에게도 물으니 무리만 하시지 않는다면 어느 정도 여행은 요양에 도움이 될 것이라 하여서 올렸습니다. 천황 폐하께서도 전하가 이번에 새로이 넓어진 전선을 한번 시찰해 보시고, 천황 폐하에게 알려 주길 바라셨다고 들었습니다. 그러니 거절하지 마시고 일정을 한번 읽어 보시지요, 전하."

더 튕기다간 혹시 그가 시찰 자체를 취소해 버리면 내게 도움이 되지 않았기에 마음에 안다는 듯 인상을 찡그리고는 그가 건네준 시찰 일정 서류를 펼쳐 들었다.

지난 시찰은 육군대학교를 다니고 있어 육군대학교의 일정에 맞춰 7월에 시찰을 다녀야 해서 중국과의 전선만 둘러보고 오는 일정이었다.

이번에는 그런 일정의 제약이 없어서인지 태평양 전선까지 거의 대부분의 전선 방문이 예정되어 있었다.

만주국의 군수공장을 시작으로 만주국과 화북의 중국 공

산당과의 전선을 보고, 남경국민정부의 땅으로 넘어가 남경국민정부와 장제스의 국민당 간의 전선을 시찰했다.

그 이후 상해로 돌아와 배를 타고 대만, 필리핀을 보고 베트남에서부터 육로로 캄보디아, 태국을 둘러보고 마지막 보르네오 섬으로 이어지는 시찰 일정이 적혀 있었다.

시찰 예정 기간만 7개월에 이르는, 엄청난 시간이 걸리는 일정이었다.

내 병이 꾸며낸 것이었기에 망정이지 진짜 심각한 병이 있는 상태에서 이 정도의 일정을 소화한다는 것은 시찰 중에 병사를 하라고 강요하는 듯한 느낌이 들 정도로 이동 거리가 긴 시찰 일정이었다.

"이 일정은 궁내성에서 정한 것이오?"

일본 정부에서 나를 죽이고 싶어 하는 가장 유력한 인물로 머릿속에 떠오른 건 도죠 히데키였기에 궁금해서 물었다.

도죠 히데키가 총리가 대정익찬회를 통해 정부는 장악했지만, 아직 완벽하게 손에 넣지 못한 곳이 있는데 귀족들이 주도하고 있는 어전회의와 궁내성이었다.

그래서 이 명령서가 어디서 왔느냐에 따라 이 시찰이 누구의 생각인지 짐작할 수 있었다.

"명령서는 궁내성에 내려온 것이나, 정확한 부분은 알지 못하옵니다, 전하."

"음……. 알겠소. 잠시 나가 계시겠소?"

내가 귀족원에서 온 문서를 들어 보이면서 이야기하자 이항구도 별말 없이 방을 나갔다.

귀족원에서 오는 문서는 밀랍으로 삼중 포장이 되어서 배달되는데, 이 편지를 읽을 수 있는 사람은 귀족원의 의원 본인으로만 한정되어 있었다.

이항구가 무슨 내용인지 궁금하다는 표정으로 방을 나가고 나서 편지 칼을 이용해 밀랍을 제거하고 편지를 확인했다.

귀족원의 의장이나 부의장 명의로 편지가 왔을 거라 생각하고 열었는데, 문서에는 특별한 발송인이 적혀 있지는 않았다.

이번 여행을 즐겁게 하시고, 정착할 지역을 선택하시길 바랍니다.

-直陰.

음……. 직암? 직음? 일본인이 보낸 것이니 나오카케라…….

사카모토 료마의 별칭이었다. 이미 죽은 사카모토 료마가 보냈을 리는 만무하고, 사카모토 신타로 보냈다는 것을 짐작할 수 있었다.

그리고 그늘 음 자를 써서 그늘 속에서 살아가는 자신을 뜻하는 것 같았다.

내 몸이 어느 정도 회복되었다는 것을 파악한 고노에 후미마로가 이번 시찰에서 경성이 아닌 다른 곳에서 살 곳을 정하라고 보낸 것이었다.

여기까지 읽고 나자 이번 시찰 일정을 누가 만들었는지 알 수 있었다.

고노에 후미마로는 내가 한반도 안이나 일본 안에 있으면 안 된다는 생각으로 일을 만든 것이겠지만, 그의 생각이 나에게도 아주 도움이 되는 결과를 가져왔다.

"들어오시오."

화롯불에 편지를 태워 버리고 나서 이항구를 불러들였다. 그는 편지의 내용이 궁금해 보였으나 내용을 물어 오거나 하지는 않았다.

"궁내성에는 무엇이라 회신을 보내면 되겠습니까, 전하."

"만약 내가 시찰을 가지 않겠다고 하면 어떻게 되는 것이오?"

"……보고는 하겠지만 궁내성에서는 좋아하지 않을 것이라 생각합니다."

내가 시찰을 덥석 물어도 지금까지의 나의 태도와는 배치되기에 일부러 되물으니 이항구의 표정이 굳어지면서 대답했다.

"후~. 일정대로 시찰을 간다고 전하시오."

"그리 전하겠습니다."

이항구는 한시름 놓았다는 듯 대답하고는 밖으로 나갔다.

이항구가 나가고 나서 들어온 하야카와에게 시찰 서류를

넘겨주니 내용을 읽어 보고 조금 놀라서 되물었다.

"이렇게 길게 가시면 몸에 많은 무리가 오실 텐데 허락하셨습니까?"

하야카와가 하는 말은 가끔 이 사람이 나를 감시하기 위해서 와 있는 것인지 아니면 정말 나를 위해서 일하고 있는 것인지 헷갈리게 했다.

그도 이우 공과 함께한 세월이 20년이 넘어가다 보니 인간적으로는 이우 공을 위하고 있는 것으로 보였다.

"언제는 내게 선택권이 있었던 것처럼 말하는군."

하야카와는 내 말에 어떠한 대답도 하지 못하고는 밖으로 나갔다.

서류를 받아 든 하야카와를 뒤로하고 이로당으로 가니 청이가 실전화를 들고 있었는데, 반대편에는 찬주가 수련이를 안고 수련이의 귀에 그것을 대고 있었다.

"동생에게 무슨 말을 해 주는 거야?"

혹시라도 자신의 말이 새어 나갈까 봐 깔때기를 손으로 감싸고 있는 청이에게 다가가서 물었다.

"비~밀!"

청이는 장난스러운 얼굴로 검지를 입으로 가져가면서 말

했다.

그런 청이가 귀여워서 끌어안고는 간지러움을 태웠다.

“무슨 말을 했어? 말 안하면 계속 간지럼 태울 테다~!”

“하하항아하하하아하하, 비밀이야~ 아하아하아하하.”

청이는 쉽게 포기하지 않고 몸을 비비 꼬다 순간 내 품에서 탈출해 찬주의 다리 뒤로 숨어 버렸다.

“청이가 어디 갔을까~? 어디에 있을까요~?”

“업써! 청이 음써! 쫒아오지 마! 아하하.”

“청아, 동생 안고 있어 위험해!”

청이가 나에게 붙잡히지 않기 위해 찬주를 잡고 돌려 아이를 안고 있던 찬주가 놀라며 청이에게 말했다.

비밀이 궁금하기는 했으나 혹시라도 장난치다 찬주가 넘어지기라도 하면 위험해 추격을 포기하고 양손을 들어서 항복을 표시했다.

“항복! 비밀을 더는 안 물어볼게.”

“진짜?”

찬주의 다리 뒤에 숨어서 한쪽 눈만 빼꼼 내밀고 나를 바라보는 청이가 귀여워서 조금 더 장난을 칠까 하다 포기했다.

“응! 진짜.”

“헤헤……. 아부지 전화기 만들어 주셔서 감사합니다!”

“어? 어, 그래그래.”

청이가 뜬금없이 실전화를 손에 들고는 말해 혹시나 하고 찬주를 바라보니 나의 질문에 찬주는 눈웃음으로 대답했다.

역시나 찬주가 감사를 표하라고 말한 것 같았다.

"이 장관님이 무슨 일로 오셨어요?"

이전 이왕직 장관들과는 다르게 평소 이왕직에서 보내 주는 생활비도 직원을 통해서 보내던 이항구가 왔다는 건 무언가 중요한 일이라 생각한 찬주가 물어 왔다.

"4월부터 시찰을 가야 할 거 같아."

"아직 건강도 온전하시지 않은데 너무하는군요."

"이제 몸도 어느 정도 괜찮아졌으니까 너무 걱정하지 마."

찬주의 걱정 가득한 눈을 달래 주기 위해 살짝 끌어안으면서 이야기했다.

"그래도……."

⁂

이항구가 다녀간 것과는 별개로 우리는 특별한 일이 없이 평범하게 시간을 보냈다.

표면적으로는 평범했으나 그 수면 아래에서는 어느 때보다 바쁘게 지냈다.

미국의 윤홍섭, 소련의 조봉암, 중경의 이시영과 김원봉, 블라디보스토크의 곽재우에게 편지를 발송해 시찰을 떠나게 되었음을 알리고, 예전부터 준비했던 거사의 날짜가 다가옴을 알렸다.

그들에게 편지가 도착하고 답장이 도착하기 전, 먼 곳은 도착할 즈음에 시찰을 떠날 시간이 다 될 것으로 느껴졌다.

그리고 마지막으로 경성에 있는 몽양 여운형을, 어둠을 틈타 이전에 모임을 한번 한 적 있는 카바레의 지하에 다시 만났다.

"여전히 바쁘게 지내시는군요."

두꺼운 외투를 입고 지하실로 들어오는 몽양은 3월 중순이 되었어도 아직은 많이 찬 바람 때문에 노출되어 있는 얼굴이 붉게 상기되어 있었다.

"백수가 할 일이라고는 온 동네 잔치판에 가서 노는 것밖에 더 있겠습니까, 전하, 하하."

"민심이 천명이지요. 그들의 속으로 들어갈 수 있는 몽양이 부럽네요."

"곧 좋은 세상이 오면 전하도 그들과 섞이셔야 합니다."

몽양은 입고 온 외투를 벗어 쌓여 있는 상자 위에 대충 던져 놓고는 놓여 있는 술 상자 중에서 한 병을 꺼내 마시고는 내 쪽으로 와서 앉았다.

"제가 소련을 갔을 때 알게 된 것인데, 몸이 추울 때는 이 술만 한 것이 없습니다. 전하도 북쪽으로 가시면 보드카 한 병을 품속에 가지고 다니시면서 한 모금씩 드시면 추위를 극복하는 데 많은 도움이 되실 겁니다."

"그러다 주정뱅이가 되기 십상이지요."

러시아 사람들이 보드카를 작은 통에 담아 다니면서 마신다는 말을 들었는데, 몽양이 그런 말을 하니 동네 아저씨가 술을 마시는 핑계로 하는 말 같아서 웃음이 났다.

"하하, 맨정신으로 살기 쉽지 않은 세상이니 주정뱅이가 되는 것도 나쁘지 않을 것 같습니다."

"좋은 날이 오고 나면 말리지 않을 테니, 지금은 참아 주세요."

"하하, 그리하겠습니다, 전하."

"이제 그날이 다 되어 갑니다. 4월 2일에 경성에서 만주로 가는 기차를 탈 예정입니다."

몽양은 내 말에 조금 전까지 웃음기를 가지고 있던 표정을 지우고, 진지하게 들었다.

"향나무를 준비하셨습니까?"

"네."

말을 하고 나자 분명 위층의 노랫소리에 귀는 시끄러웠지만, 내 목으로 넘어가는 침소리가 귓가에 훨씬 크게 들리는 느낌이었다.

"전하께서 하시는 일이니 완벽히 준비를 하셨을 거라 믿고 있지만, 절대 실패하시면 안 됩니다."

"완벽이 어디에 있겠습니까? 진인사 대천명이지요."

"하늘이 우리 민족을 버리지 않았기를 기도하겠습니다."

그 뒤로 몽양이 한반도 안에서 준비해야 하는 일들에 대해서 이야기했다.

아직 불확실한 부분이 너무나도 많았기에 정확한 지시는 할 수 없었지만, 예정대로라면 이번에 떠나고 나서 내가 다시 경성으로 돌아오는 건 거사 이후기 때문에 전체적인 가야 할 목표를 몽양에게 알려 주었다.

10분 정도의 대화가 끝이 나고 자리에서 일어나려 할 때, 몽양이 문득 이야기했다.

"제 고향 묘곡妙谷이란 마을의 중앙에는 조선이 세워질 때부터 있었다는 큰 소나무가 있습니다. 수백 년은 족히 마을의 수호신으로서 하늘을 떠받치고 있는 나무지요. 이우 전하께서는 둘로 나뉘어 있는 대한인들을 품을 수 있는 소나무이십니다. 전하가 계시지 않으면 독립을 한다 해도 대한인은 불타는 태양 아래 그늘 하나 없이 버려질 것입니다. 대의를 위해 죽음도 불사하실 분이란 것은 잘 알고 있지만, 제발 최후의 순간까지도 몸을 보중保重하셔야 합니다."

오늘이 마지막이라고 생각해서인지 몽양은 평소와 다른 진지한 목소리로 내게 말했다.

나는 영웅적인 한 사람을 믿지 않았다.

기록된 역사에는 영웅만이 남아 있지만, 그 역사의 뒷면에는 영웅 아래에서 희생된 수많은 평범한 사람들이 있었다.

"수백 년의 외침도 이겨 낸 민족입니다. 한때는 저 넓은 대륙을 호령했던 기백이 있는 민족입니다. 저는 영웅적인 인물을 믿지도, 또 제가 그 영웅이라고 생각하지도 않습니다. 뛰어난 영웅 한 명이 우리 민족을 구원할 것이라고 생각하지도 않습니다. 단지 저는 우리 민족을 믿을 뿐입니다. 기미년에 일제의 압제에 굴하지 않으며 온 나라를 태극기로 물들였던 평범한 사람들, 지금도 전 세계 곳곳에서 독립을 위해서 자신이 할 수 있는 일에 최선을 다하는 평범한 사람들을 믿습니다. 저는 제 자신이 민족의 집을 짓는 데 주춧돌이 되어 사라진다면 제 역할은 충분히 다 한 것이라고 생각하니, 걱정하지 마세요."

몽양은 내 말에 놀란 표정이 되었다. 혼이 나간 표정이 되었다. 그리고 마침내 웃음이 입가에 걸렸다.

"전하께서는 제 생각보다 더 크신 분이셨습니다."

"저 역시 평범한 사람일 뿐입니다. 좋은 날이 오면 다시 만나 찐하게 술 한잔하지요. 혹시라도 누군가 먼저 지하로 가게 되면 지하에서 좋은 술을 구해 기다리고 있기로 합시다."

"꼭 좋은 술을 한잔 나누고 싶습니다, 전하."

말을 마치고 외투를 챙겨 나가려고 할 때, 여운형이 갑자기 큰절을 했다.

잠시 놀랐으나 나도 바로 그에게 큰절을 해서 예의를 표하고 자하실을 벗어났다.

10장

경성을 떠나기 전 주변 정리를 하면서 윤현궁에서 보관하고 있던 대한제국의 국새 중 그나마 옥으로 되어 있어서 무게가 가벼운 황제지보皇帝之寶 하나를 제외하고는 전부 독리를 통해서 일본의 감시망 밖에 있는 강원도로 옮겼다.

강원도 심마니 출신의 제국익문사 요원이 고령의 나이로 은퇴 후 생활하고 있는 가옥이었는데, 태백산맥 자락에 있어 민가와의 거리가 빠른 걸음으로 걸어도 3일 이상이 걸려 물건이나 사람을 숨기기에는 제격인 곳이었다.

국새와 미래를 연대별로 적은 책자, 내가 기억나는 대로 작성한 온갖 지식들이 적혀 있는 책자까지, 잘 숨겨 놓아야 하는 물건들은 전부 옮겨 보관하도록 했다.

순정효황후에게 경성을 떠남을 알리고 가족을 부탁하기 위해 창덕궁의 낙선재로 향했다.

낙선재에 도착하니 마당에는 이제 막 개화하기 시작한 꽃들이 예쁘게 피어 있었다.

"어서 오십시오, 이우 공 전하, 공비마마."

내 차가 들어오자 순정효황후를 모시는 상궁이 차로 다가와 인사했다.

"대비마마께서는 낙선재에 계신가요?"

"먼저 오신 손님이 있어 비원秘苑에 계십니다. 전하께서 도착하시면 모셔 오라는 명을 받았습니다. 이쪽으로 가시지요."

표면적으로는 시찰을 떠나기 전에 인사를 하러 온 것이라 나 혼자 왔는데, 이미 나보다 먼저 와 있는 손님이 있고 나와 같은 자리에서 본다고 해서 누구인지 궁금했다.

상궁은 낙선재를 지나 전각 몇 개를 지나서 비원의 부용정芙蓉亭으로 나를 안내했다.

부용정에 도착하니 순정효황후와 처음 보는 남자가 다과를 사이에 두고 이야기하고 있었다.

"전하, 운현궁 이우 공이 들었습니다."

"아, 어서 와요, 이쪽으로 들어오세요."

상궁의 말에 입구에 서 있는 나를 발견한 순정효황후가 자신의 옆자리에 있는 의자를 가리키며 내게 말했다.

“대비마마, 소자 이우 문후 드리옵니다.”

“그래요. 공께서도 잘 지냈지요? 어서 이쪽으로 와서 앉아요.”

대비마마의 허락이 떨어지고, 부용정으로 올라가니 남자도 자리에서 일어나 내게 인사를 했다.

“이쪽은 윤영환 기자예요.”

기자라는 말에 경계심부터 먼저 들었다.

지금 민간의 모든 신문이 폐간되고, 남아 있는 신문이라면 매일신보밖에 없었다.

관보(조선총독부 기관지)인 매일신보의 기자라면 더 볼 것도 없이 친일파일 텐데 대비마마가 만난다는 게 조금 이상했다.

“이우입니다.”

“전하, 만나 뵙게 되어서 영광입니다. 전 동아일보 기자 윤영환입니다.”

다행히 기자라고 칭한 것은 대비마마가 습관적으로 칭하는 말이고, 지금은 기자가 아닌 것 같았다.

동아일보는 이미 총독부에 의해서 강제 폐간당하고, 무기정간 때와는 다르게 사무실조차 없어져서 모든 기자들이 뿔뿔이 흩어졌다.

“만나서 반갑소.”

“이 아이가 사적으로는 내게 조카가 되고, 믿을 만한 친구이니 그리 경계 안 하셔 괜찮아요.”

내가 경계심을 가지고 인사하는 걸 티 내지 않으려 노력해 기자는 느끼지 못했는데, 대비마마는 그것을 느꼈는지 웃으며 말을 했다.

대비마마는 선대에 부원군과 그 집안이 어떻게 나라에 해를 끼쳤는지도 알고 있었고, 특히 자신의 큰아버지인 윤덕영이 경술국치 때에 자신에게서 국새를 빼앗아 본격적인 명목상이라도 유지되던 대한제국이 없어졌으며, 한일병탄이 본격적으로 시작되어 친정과 거의 왕래가 없는 것으로 알고 있었다.

그런데 이렇게 자신의 조카를 내게 소개하니 조금 의아하기는 했다.

물론 오빠인 윤홍섭과는 자주 연락을 주고받기는 했지만 그건 윤홍섭이 특별한 경우였고, 자신의 다른 두 동생과는 의절하다시피 한 상태였다.

그래서 처음의 경계심과는 다르게 윤영환을 보는 눈을 바꾸고, 그를 다시 보기 시작했다.

대비마마가 다리를 놓아 준 윤홍섭은 이미 내가 진행하고 있는 일에 없어서는 안 되는 존재가 되었기에, 혹시 그 역시도 내게 큰 도움이 되지 않을까 해서였다.

"세상이 혼란스럽다 보니 제가 경계심이 과했습니다, 대비마마."

경계하는 걸 들켜 혹시 순정효황후에게 무례가 되는 건 아닐까 해서 사과했다.

“아니요. 좋은 자세예요. 누구든 경계를 해야지요. 제가 공이 온다는 것을 알고 조카를 부른 것은 조카가 재미난 이야기를 하기도 하고, 공에게 소개를 하면 두 사람에게 다 좋을 것 같아서예요. 조카가 지금이야 동아일보가 없어지고 두문불출杜門不出하고 있지만, 기자를 하면서 만든 인맥과 정보망을 많이 가지고 있어서 도움이 될 거예요.”

대비마마는 오늘 내가 시찰을 하기 위해 경성을 떠난다는 것을 알고 있었는데, 내가 시찰을 마치고 경성으로 돌아온다고 생각해 윤영환을 소개하는 것 같았다.

비밀스럽게 일을 진행하다 보니 아직 대비마마와 교감이 없어서 벌어진 일 같았다.

“사실 며칠 전에 조카가 재미난 정보를 하나 가지고 와서 공에게 소개하고 정보도 교류할까 해서 불렀어요. 조카님?”

대비마마가 이렇게 말을 하고 윤영환에게 눈치를 주자, 그걸 받아 윤영환이 말을 시작했다.

“네. 사실 지난 2월에 서해상에서 육군 수송선 한 대가 침몰했습니다. 그 배에 탔던 인물에게 제보를 받은 것인데, 매일신보나 육군 소식지를 확인해도 그이야기는 없더군요. 그래서 취재를 해 보니 작은 부피에 상당히 무거운 물건을 군산항에서 헌병대의 삼엄한 경호 속에 선적을 했다고 들었습니다.”

윤영환이 하는 말의 시작을 듣자마자 바로 금괴를 생각할 수 있었다.

혹시 그가 제국익문사나 나에 대해 짐작을 하는지 취재한 내용이 어디까지인지 궁금해서 그가 말을 계속하게 추임새를 넣어 주었다.

"그래서요?"

"어떤 중요한 물건이기에 조선 안에 주둔하는 일본군 중 가장 정예병인 헌병대가 직접 나서서 운반을 할까 취재를 해 보았는데, 사실 정보가 많지는 않았습니다. 모은 정보는 작은 부피의 상당한 무게, 선적 지역이 군산항, 그리고 헌병대의 경호. 이 세 가지의 정보를 놓고 조합을 하니 금괴가 아닐까 하는 추측이 나왔습니다. 군산항에서 보통 일본으로 가는 선적 물품은 쌀 같은 식량이 주를 이루는데 작은 부피에 무거운 무게에서 탈락되고, 근처에 장항제련소가 있다는 것과 최근 군산 저잣거리에 장항제련소로 금광석이 대량으로 모였다는 소문이 돌았더군요. 그래서 저는 금괴를 운반하려다 모종의 이유로 그 배가 침몰한 것이 아닌가 생각하고 있습니다."

윤영환은 제국익문사나 나에 대해서는 전혀 짐작을 하지 못하고 있었다.

"모종의 이유라는 게 무엇인지 알고 있소?"

"아직 거기까지는 파악하지 못했습니다. 일본군 내에 인맥을 통해 알아보아도 침몰 자체를 모르는 사람이 태반이고, 수송선 침몰을 알고 있었어도 어떻게 침몰했는지 아는 사람은 없었습니다. 그런데 저에게 이 침몰을 제보한 사람의 말에 의하면 배에서 폭발이 있었다고 했습니다. 제가 알아낸 것은 여기까지입니다. 폭발이 기관에 문제가 생겨서 일어난 것인지, 아니면 암초에 부딪히면서 일어난 것인지, 아니면 누군가의 테러로 인해서 폭발이 일어난 것인지는 단정 짓지 못했습니다."

그의 정보력이 어느 정도까지 믿을 수 있는지는 몰랐으나, 아직 일본군 내에서도 어떤 세력이 공작한 것인지 확실히 확인하지 못한 것으로 느껴졌다.

제국익문사의 사망한 우리 요원의 정보를 가지고 온 밀정도 침몰한 배의 생존자 중 기관실에서 일하는 사람은 아무도 없고, 선교에 있던 항해사들만 생존해 정확한 침몰 원인 알기 어려울 것이라고 해서 이 기자와 밀정의 말이 일치하고 있었다.

"누군가의 공작에 의해 침몰하였다면 대한제국을 지지하는 세력이지 않을까 생각하는데, 그 세력을 알 수 없으니 조금 답답해서요. 혹시 공은 알고 있을까 생각되어 이 이야기를 함께 듣는 것이에요. 혹시 공은 알고 있나요?"

"잘 모르겠습니다. 사실 그런 배가 침몰했다는 것도 여기서 알게 되어 조금 놀라고 있습니다, 대비마마."

사실대로 말할까 하는 생각이 잠시 들었으나, 이건 대비마마에게도 비밀로 하는 게 나을 것으로 판단하고 비밀에 부쳤다.

"앞으로 조카가 공과 자주 교류하면서 정보를 주면 좋을 것 같아요. 그렇게 해 주시겠어요, 조카님?"

"대의에 도움이 된다면 최선을 다하겠습니다, 대비마마."

"제가 윤 기자에게는 따로 사람을 보내도록 하겠습니다, 대비마마."

그가 대비마마의 신뢰를 받는 사람이지만 나는 오늘 그를 처음 봤고, 내가 그를 얼마나 신뢰할 수 있을지는 아직 판단할 수 없어 말을 아끼면서 대답했다.

"제 명함입니다, 이우 공 전하."

"그래요. 시찰을 다녀오고 나서 한번 보도록 합시다."

"그럼 두 분 말씀 나누시게 먼저 일어나 보도록 하겠습니다. 대비마마, 이우 공 전하, 후에 뵙겠습니다."

윤영환이 인사를 하고 부용정을 벗어나자 대비마마가 먼저 말을 꺼내었다.

"제 조카이지만 믿을 수 있는 사람이에요. 그를 중히 써 주세요."

"그러겠습니다, 대비마마. ……사실 오늘 제가 마마를 찾아뵌 것은 등산 준비가 끝이 났기 때문입니다, 대비마마."

"아, 벌써 그리 준비를 하셨나요?"

이제 내가 경성을 벗어난다는 것을 들은 대비마마는 놀란 얼굴로 되물어 왔다.

"네, 등산 준비는 끝이 나 이제 본격적으로 산속으로 들어가서 호랑이를 잡을 준비를 할 예정입니다. 산세가 험준해 짧은 시간 안에 돌아오지는 못하겠지만, 만반의 준비를 해서 호랑이 사냥에 성공하고 돌아오겠습니다, 대비마마."

"허허……. 이미 준비가 끝이 났는데 괜히 조카를 불러서 소개한 것 같군요. 그래요, 이미 준비가 되었다면 산속으로 들어가야겠지요."

"사실 대비마마를 찾아뵌 것은 다른 고민도 있어서입니다."

"말해 보세요. 내가 도울 수 있는 것이라면 당연히 도와야지요."

"제가 산속으로 들어가고 나면 가족의 안전이 걱정됩니다. 그래서 대비마마의 그늘에서 그들이 쉴 수 있게 해 주셨으면 좋겠습니다, 대비마마."

내가 떠나고 나서도 경성에 남아 있을 찬주와 아이들의 안전이 걱정되었다.

만약 내가 독립운동을 하는 게 발각되면 경성에 남아 있는 내 가족들의 안전을 장담할 수 없었고, 일본이 내 가족을 인질로 내게 협박을 할 수도 있었다.

그래서 완벽하지는 않겠지만 순정효황후의 그늘 아래에 있으면 최소한의 안전은 확보되기에 이렇게 부탁했다.

"그거야 당연하지요. 대업을 위해 움직이는데, 아녀자가 그 정도는 당연히 해야 할 일이에요. 걱정 말고 등산하세요."

"감사합니다, 대비마마."

"그래요. 다시 만날 때는 새롭게 지은 한옥에서 볼 수 있기를 바라니, 제 도움이 필요하다면 주저 말고 부탁하세요."

"감사합니다, 대비마마."

경성에서의 마지막 일정이었던 창덕궁 방문을 마치고, 운현궁으로 돌아오니 하야카와가 나의 시찰 준비로 바쁘게 움직이고 있었다.

이번 시찰은 공식적인 일정이었기에 배중손은 나와 함께 가지 않았다.

내 차량을 가지고 가는 것도 아니고 장거리는 기차로 이동하고 근거리를 이동할 때는 해당 지역의 기관장이 나를 영접하기로 되어 있어서 내 운전사가 따라갈 이유가 없었다.

그래서 운현궁에서 가는 내 수행원은 두 명으로 시월이와 하야카와였다.

다른 수행원은 이왕직에서 파견 나오는 인물 두 명과 동경의 궁내성에서 경호 인력으로 파견 나오는 네 명까지 총 여덟 명이 나를 수행해서 떠날 예정이었다.

이전 시찰에는 히로무도 나의 경호원으로 합류했었는데, 이번에는 그런 것은 없었다.

나의 심복 중 한 명인 요시나리 히로무는 동경으로 떠나고 나서 소식을 알 수가 없었다.

영친왕 이은에게 부탁해 보았는데도 비밀 임무를 위해 임지로 갔다는 답변이 돌아와 그의 신변에 큰 문제가 생겼음을 다시 한 번 확인시켜 주었다.

하야카와는 시찰을 떠나기 전 운현궁 수리를 마무리하겠다는 일념으로 한 달 내 거의 모든 부분에서 수리를 완료하고 자신의 목표를 이룰 수 있었다.

양관의 부서진 부분도 수리가 끝나 바로 들어가서 살아도 될 정도로 수리를 마쳤으나 여전히 비워져 있었고, 내가 떠나고 나서도 아무도 이용하지 않을 것이었다.

하야카와의 열정을 말리고 싶었으나, 궁내성의 예산으로 수리를 해 내 돈이 들어가는 것도 아니고 하야카와가 일에 빠져 있으면 상대적으로 나에 대한 신경을 덜 써서 그냥 그대로 두었다.

시찰을 떠나기 전 마지막 밤이어서인지 저녁을 먹을 때도 아무런 말 없이 무거운 분위기에서 식사를 마치고 일찍 잠들기 위해서 방 안으로 들어왔다.

평소 운현궁에 있을 때는 노락당에서 자는 날이 많았는데,

오늘은 마지막 날이기에 이로당에서 잘 준비를 했다.

내가 먼저 침대에 누워 있고, 찬주가 잘 준비를 마치고 침대에 누워 나의 얼굴을 말없이 바라봤다.

불이 꺼지고, 어둠 속에서 보일 만큼 가까운 서로의 눈동자를 한참 바라보고 있을 때 찬주 먼저 말했다.

"이번에 가시면 오랫동안 못 보는 것인가요?"

"짧은 시간은 아닐 거야. 꼭 돌아올 테니까 너무 걱정하지 말고, 신문에 뭐라고 나오든 다 거짓말이니까 믿지 마. 알았지?"

"……오라버니의 부고 기사를 접하면 거짓이란 걸 알아도 무서울 것 같아요."

찬주는 내 말에 한참을 아무런 말 없이 내 눈을 바라보다가 정확히는 몰라도 이번에는 내 뷰고 기사가 나온다는 걸 알고 있어서인지 슬픈 눈으로 대답했다.

"미안해……. 내가 떠나고 나면 되도록 운현궁에 머무르지 말고, 사동궁과 창덕궁을 오가면서 지내도록 해. 그리고 배중손이 원백나무의 조각을 가지고 오면 뒤도 돌아보지 말고 창덕궁으로 가도록 해. 원백나무가 왔다는 건 며칠 내로 일이 생긴다는 것이니까, 창덕궁으로 가서 그곳에서 생활하도록 해. 알았지?"

운현궁으로 배달되는 향나무 조각은 거사를 하기 전에 배달되기로 독리와 약속이 되어 있었다.

내가 귀족원 칙임을 위해 동경으로 갔을 때 도쿄 히데키가 나보다 한발 먼저 움직여서 운현궁을 봉쇄했던 기억이 있어 먼저 창덕궁으로 대피해야 한다고 판단했다.

"네……."

대답하는 찬주의 목소리에서 떨림이 느껴졌다.

어둠 속이라 그게 더 잘 느껴졌다.

몸을 앞으로 옮겨 찬주의 입술에 가볍게 뽀뽀하고 그녀를 끌어안았다.

찬주의 떨림이 내 몸으로 전해지다 천천히 잦아들고 내 체온과 그녀의 체온이 비슷해질 즈음 그녀의 떨림이 완전히 멎었다.

서로의 체온을 느끼면서 밤을 보냈다.

아침이 되자 내 짐을 챙기는 소리가 온 집 안에 가득 찼다.

하야카와가 마지막으로 짐을 점검하는 소리가 방 안까지 들렸다.

나도 작은 가방에 국새와 비문으로 작성한 서류를 정리해서 넣고 그 위에 수첩과 가족사진첩, 이번 설날에 사동궁에서 찍은 사진첩 같은 개인적인 물건들을 올려서 아래의 서류와 국새를 숨겼다.

준비한 가방을 방 안에 두고 아침을 먹기 위해 거실로 나오니 한복을 곱게 차려입은 수련이가 찬주의 손을 잡고 나를 기다리고 있었다.

"아이쿠, 우리 공주님이 예쁘게 차려입었네?"

"아바! 아바!"

"그래그래, 아빠야. 이리 와. 웬 한복이야?"

나를 향해서 손을 뻗는 수련이를 안아 들고 찬주에게 물었다.

"오랫동안 못 보는데 아이의 예쁜 모습을 보셨으면 좋을 거 같아 입혀 봤어요. 평소에는 옷이 불편한지 벗더니 오늘은 특별한 날이라는 걸 알고 있는지 얌전하게 입고 있네요."

수련이는 오늘 내가 떠난다는 걸 느낌으로 알았는지 평소보다 내게 더 안겨 왔다.

청이도 평소와 다르게 얌전하게 내게 안겨 왔다.

가족들과 함께 아침 식사를 마치고 나자 진짜 이별해야 하는 시간이었다.

아이들이 있어 경성역까지 외출해서 이별하긴 힘들어 운현궁의 앞마당에서 마지막 인사를 했다.

"아부지, 잘 다녀오세요."

"그래, 아버지가 없을 땐 누가 가장이다?"

"제가 가장이에요."

청이는 자신에게 맡기라는 듯 손을 가슴으로 가져가며 말했다.

"어머니랑 동생을 잘 지켜야 돼. 알았지?"

"네."

"다녀올게요, 우리 공주님."

찬주의 품에 안겨 있던 수련이는 지금 이별한다는 것을 직감으로 안 것인지 금방 울 것 같은 표정으로 변했다.

"다녀올게."

"오라버니, 조심히 다녀오세요."

찬주와 담담하게 마지막 인사를 하고 배중손이 운전하는 차에 올라탔다.

내가 차에 올라타자 울먹거리던 수련이가 본격적으로 울음을 터트렸다.

수련이의 울음을 뒤로하고 차는 운현궁을 벗어나 경성역을 향해 출발했다.

얼마 지나지 않아 도착한 경성역에는 다른 차량으로 먼저 도착한 시월이와 이왕직 직원들이 짐을 다 옮기고 나를 기다리고 있었다.

차에서 내려 배중손에과 악수를 하면서 작별 인사를 했다.

"잘 부탁하네."

"예, 알겠습니다, 전하."

다른 사람이 보기에는 별다른 것 없는 인사였지만, 서로의 속마음으로 무엇을 부탁하는지 잘 알고 있었다.

배중손과의 마지막 인사를 마치고 나서 만주 펑텐奉天까지 운행하는 국제 열차에 탑승했다.

❧

이전 시찰은 한반도 안에 있는 일본의 군수공장도 시찰 일정에 있어서 중간중간 내렸다 다시 탔지만, 이번 시찰 일정의 시작은 만주의 츠펑赤峰이란 지역에서부터였다.

화북 지역을 장악한 중국 공산당과 전선을 형성하고 있는 지역이다.

화북과 통하는 교통의 요충지여서 관동군의 주력부대가 주둔해서 전투를 하는 곳이었다.

보통 대한제국 황족의 시찰은 대한인들에 대한 선전용도로 한반도 내에 군수공장 시찰 일정은 항상 있었는데, 이번 시찰 기획에는 내가 한반도와 일본 열도를 제외한 지역에서 살 곳을 정하라는 고노에의 숨겨진 의미가 있어 한반도를 건너뛰고 만주국으로 직행했다.

시찰 일정에서 고노에의 속마음을 짐작할 수 있었는데, 만주국의 수도인 신징新京이 없고 만주국의 영토에서 내가 방문하는 곳은 최전방 전선인 츠펑이 유일해, 전쟁터에서 살 것이 아니라면 만주도 안 된다고 말하고 있었다.

경성역을 출발한 기차는 국제 열차여서 완행열차가 정차하는 작은 역에서는 정차하지 않고, 개성, 평양, 신의주를 거쳐 바로 만주국으로 넘어갔다.

환승하는 펑텐에 도착하니 아직 4월이었지만 북쪽으로 올라온 만큼 입에서 입김이 나올 정도로 추웠다.

그곳에서 츠펑으로 향하는 기차와 만주국에서 나온 안내역이 우리를 기다리고 있었다.

기차는 관동군의 화물 기차에 임시로 편성되어 붙인 객차였다.

일반의 열차의 특등석 객차를 붙여 놓은 곳에 우리 일행과 안내역만 탑승해서 넓게 쓸 수가 있었다.

펑텐에서 다시 반나절을 넘게 달려 츠펑에 도착했다.

경성에서부터 2일에 걸쳐서 도착한 츠펑은 멀리 보이는 이 도시의 이름이자 상징인 적봉, 붉은 산을 제외하곤 드넓은 초원 지대가 펼쳐져 있는 도시였다.

4월이란 날이 무색할 정도로 역 곳곳에는 눈이 아직 쌓여 있었고, 찬 바람을 막아 주던 기차에서 내리니 자연스럽게 입고 있던 두꺼운 외투를 여며서 정비하게 만들었다.

츠펑역에는 이미 관동군 한 개 중대와 동원된 것으로 보이는 중국인들이 나와 나를 열렬하게 환영했다.

"이우 공 전하의 츠펑 방문을 환영합니다. 저는 츠펑에 주둔하고 있는 제1방면군 소속 제20군 사령부의 참모장인 나구라 시오리名倉栞입니다. 세키 카메하루関亀治 사령관 각하를 대신해 방문을 축하드립니다."

나의 방문을 기다리고 있던, 소장 계급장을 달고 있는 참모장이 군기 가득한 목소리로 내게 경례했다.

“참모장께서 직접 마중을 나오다니 기쁘군요.”

“전하를 모실 수 있게 되어서 영광입니다, 전하.”

참모장과 난 서로 마음에도 없는 말을 하면서 악수했다.

우리가 악수를 하니 이왕직에서 나온 기록 담당 직원이 열심히 사진을 찍었다.

가식 가득한 시간이 지나가고, 시내에 위치한 제20군 사령부로 가니 세키 카메하루 중장이 나를 기다리고 있었다.

세키 카메하루 중장의 인상은 동경에서 봐 왔던 정치군인과는 달랐는데, 검게 탄 피부와 강력한 눈빛이 전형적인 야전 군인의 느낌을 주고 있었다.

성격도 보이는 그대로인지 귀족원의 의원이자 천황가의 일원으로 방문한 내게 차 한 잔 내주고는 영양가 없는 이야기를 하고 5분 만에 자리를 파罷했다.

표면적 계급과 직위는 내가 더 높았지만, 사령관은 그런 건 전혀 상관없다는 느낌을 주면서 대화를 마쳤다.

첫날이라 특별히 시찰은 하지 않고, 사령부에서 정해 준 숙소에서 쉬고 그다음 날부터 츠펑에 위치한 큰 대대 몇 곳을 방문했다.

전방 사단답게 총알받이로 사용하는 대한인과 중국인으로 이뤄진 강제징집병이 많이 있어서 그들을 보는 내 눈을 찌푸리게 만들었다.

강제징집병의 위생 상태와 의복만 봐도 그들이 어떤 대우를 받고 지내는지 한눈에 알 수 있어 마음이 아팠다.

하지만 최대한 무심한 척하며 일정을 소화했다.

그들에게 내가 당장 해 줄 수 있는 것은 없었고, 괜한 동정심을 가졌다 나를 감시하기 위해서 온 직원들에게 수상한 인상을 주게 되면 일이 잘못될 수도 있어서 참았다.

시찰의 첫 일정인 츠펑 방문은 특별한 일 없이 기계적으로 소화했다.

다음 권으로 이어집니다

ROK MEDIA
SEASON2
Again my Life
어게인 마이 라이프

黃金家

황금가

나한 신무협 장편소설

『황금수』『궁신』의 나한 신작!
은둔 고수(?) 장의사 금장생의 상조 문파 개업기!

중원삼대부자 황금전가의 셋째, 금장생
집에서 쫓겨나 새우잡이 배부터 조선 인삼밭 농사까지.
사업은커녕 잡부 생활만 죽어라 하다가
팔 년 만에 고향에 돌아왔는데……
가문이 망해 버렸다!?

우여곡절 끝에 야심 차게 시작한 장례 사업
목표는 분점 확장 후 놀고먹기!

그러나 의도와는 정반대로
시체 한 구로 엮이는 팔왕가와 흑지의 강자들
그런데 잡일만 하다 왔다는 사람이……
무림십대고수들을 마주해도 너무 태연하다?

"정말 무공을 전혀 익히지 않은 거 맞아요?"
"그런 게 뭐가 중요합니까. 돈이나 벌러 가죠."